종말까지 다섯 걸음

종말까지 다섯 걸음

장강명
짧은소설

문학동네

차례

부정
- 종말을 부정하고 ... 9
- 엘리제를 위하지 않으며 ... 17
- 마녀재판 ... 23
- 은혜를 갚지 마세요, 어머니 ... 34
- 여신을 사랑한다는 것 ... 39

절망
- 종말에 절망하고 ... 49
- 미래의 괴수 ... 61
- 님이여, 물을 건너지 마오 ... 64
- 육식성 ... 73

타협
- 종말과 타협하고 ... 87
- 민주주의의 위기 ... 95

소설, 한국을 말하다　　102
지극히 사적인 초능력　　111
잘 가요, 시리우스 친구들　　118

종말을 수용하고　　127
현수동의 아침　　138
정시에 복용하십시오　　145
승인할까요　　152
알골　　162

마침내, 종말을 사랑하고　　195

작가의 말　　209

종말을 부정하고

"믿기지가 않아." 동생이 작은 목소리로 말했다. 뒤에 있는 사람들이 듣지 못하도록. "뭐가?" 무슨 답이 나올지 알면서도 나는 물었다.

"모든 게. 소행성이 지구에 충돌한다는 것도, 그걸 인류가 막지 못한다는 것도, 정부가 무너진 것도, 전기와 수도가 끊긴 것도. 경찰 옷을 입은 사람이 경찰이 아니라 무장 강도일 가능성이 크다는 것도. 방공호 안에 있어도 충돌이 일으킬 지진파 때문에 다 죽고 말리라는 것도, 우주 그물 같은 황당한 프로젝트에 그 많은 돈을 썼다는 것도."

고개를 끄덕이며 나 역시 작은 목소리로 말했다. "난 아직도 이게 다 꿈같고, 몇 분 뒤에 침대에서 일어나 커피를 마시고 따뜻한 물로 샤워를 한 다음 지하철을 타고 휴대폰으로 웹툰을 보면서 출근할 것 같은 기분이 들어."

"제일 믿고 싶지 않은 건 저치들이 자기 마음대로 방주에 탑승할 사람을 골랐다는 거고." 동생이 말했다. 동생은 그 우주선의 정식 명칭보다 '방주'라는 이름을 선호한다. "희망호라니, 정말 웃겨. 누구의 희망인데?"

방주 정도면 중립적인, 아니 꽤나 우호적인 이름이다. 대부분의 사람들은 그보다 훨씬 더 험한 별명을 사용한다. '절망호'라든가 '귀족호'라든가 '폭발호'라든가. 폭발호라는 단어에는 우주선이 이륙하자마자 폭발하기를 바라는 저주의 마음이 담겨 있다.

"나는 우리가 여기에서 이러고 있다는 게 제일 믿기지가 않네." 나는 멋쩍게 웃으며 몸을 숙인 채 주변을 둘러봤다. 지금 이 순간, 밤바람은 어울리지 않게 쾌적하다. 멀리 방주가 서 있다. 거의 다 완성되어 지금 발사해도 무리 없는 단계라고 들었다. 꽤 크기는 하지만 저기에 사람 오천 명과 각종 동식물의 유전자 표본이 다 들어갈 수 있을까, 의구심이 들기는 한다.

오천이라는 숫자는 어떤 때에는 믿을 수 없이 많게, 어떤 때에는 터무니없이 적게 느껴진다. 현재의 과학 기술로, 그만큼의 사람에 다른 동식물 유전자까지 실을 우주선을 일 년 안에 건조해야 한다는 말을 들으면 도무지 달성할 수 없는 목표로 다가온다. 반대로 지구에 사는 팔십억 명 중에 소행성 충돌을 피할 수 있는 사람이 그뿐이라는 말을 들으면 절망적인 기분이 든다.

"난 지금도 제비뽑기가 최선의 해법이었다고 봐." 내가 듣거나 말거나 동생은 방주에 탑승할 사람을 고른 방식에 대해 계속 떠드는 중이다. "전부 다 운에 맡겼어야 했다고. 그 외에는 어떤 방법을 썼대도 지금과 마찬가지 상태가 됐을 거야." 동생은 고개를 돌려 뒤를 흘끔 돌아본다.

우리는 우주기지 반대편, 난민 캠프에 있다. 낮과 밤처럼 대조적인 풍경이다. 우주기지에는 고층건물이 많다. 건조중인 우주선의 높이도 사십층 규모의 빌딩과 엇비슷하다. 우주선 발사대 주변은 출력이 높은 투광기에서 미묘하게 다른 색상의 빛이 뿜어져나오고 있다. 그곳에는 과학기술과 질서와 희망, 그리고 깨끗한 물과 식량, 전기가 있다.

반면 난민 캠프의 건물은 대부분 단층 판잣집이나 비닐하우스들이며, 야간 조명은 상당 부분 양초와 모닥불에 의존하고 있는 터라 전반적으로 어두컴컴하다. 그곳 사람들은 더러운 물을 마시고 상한 음식을 먹으며, 비상 발전기를 돌릴 기름을 찾아 거리를 헤맨다. 혼란과 절망 외에 그 땅에 충만한 감정은 선택된 자들을 향한 시기심과 증오다.

기묘한 일인데, 난민 캠프에도 과학기술은 있다. 사람들은 곤경에 빠지면 창의성을 터뜨리는 것 같다. 게다가 전세계의 과학자, 기술자들이 우주기지에 채용될 수 있지 않을까 하는 기대를 품고 주변에 모여들었다. 18세기와 21세기의 합작품 같은 얼토당토않은 물건들이 하루가 멀다 하고 쏟아져나온다. 지금도 난민 캠프에는 유인물이 몇 종이나 나돌고, 사설 단파 라디오 방송 채널도 수십 개나 있다. 난민 캠프에서 로켓을 몇 대 만들어낸대도 이상하지 않다. 전자기기를 무력화하는 전자기 펄스 폭탄 정도는 식은 죽 먹기다. 코일, 배터리, 콘덴서만 있으면 되니까.

"형도 그렇게 생각하지 않아? 저들은 이 사태를 막을 수 있었어. 인간은 말이지, 고통이나 손실은 받아들일 수 있어. 죽음도 받아들일 수 있다고. 하지만, 불공정은 절대로 받아들일 수 없어. 과학자와 기술자 가족을 우선적으로 선발해서 우주선에 태운다는 발상을 누가 받아들이겠냐고. 세계적인 폭동이 일어날 걸 예측하지 못했다는 게 믿어지지가 않아." 동생은 다시 고개를 뒤로 돌려 난민 캠프를 흘끔 바라보았다.

나는 동생과 의견이 다르다. 무작위 추첨도 반발을 낳기는 마찬가지였을 것이다. 답할 수 없는 질문이 너무 많다. 범죄자에게도 응모 자격을 줘야 하나? 너무 나이가 많거나 어려서 보호자가 있어야 하는 사람들은? 장애인은? 후손을 이을 수 없는 사람들은? 수십억 명의 인적사항을 어떻게 수집해서 등록할 거며, 추첨은 또 어떻게 공정하게 집행하지?

게다가 무작위 추첨을 한다 해도 과학자와 기술자는 필수 인원으로 따로 선발해야 하지 않을까? 어찌 됐든 인류가 생존하려면 과학과 기술이 필요하니까. 과학자들이 아니었다면 소행성이 다가오고 있다는 사실조차 알 수 없었을 터였다.

"난 그냥, 우리가 여기에서 이러고 있다는 게 제일 믿기지가 않아."

나는 아까 했던 말을 되풀이했다. 돌이켜보면, 모든 게 필연이라는 생각이 든다. 소행성의 궤도는 고정되어 있다. 지구는 소행성과 충돌할 예정이다. 그것은 물리학이다. 그전까지 인류의 과학기술로 우주에 내보낼 수 있는 사람은 기껏해야 오천 명이다. 과학자와 기술자, 그들의 가족 위주로 그 오천 명을 선발하는 게 가장 효율적이다. 팔십억 인구 중 나머지가 좌절감에 빠지는 일도 피할 수 없다. 그중 일부가 폭동을 일으키는 것도 당연하다. 그것은 심리학이다.

선택받은 자들에 대한 시기심과 증오에 휩싸이는 무리가 등장하는 것도 필연이다. 그것은 사회학이다. 증오는 강력한 에너지이며, 사람들은 창의적으로 해결책을 찾아낸다.

그리하여 우리는 몇 주간 공들여 만든 사제 로켓포와 전자기 펄스 폭탄을 들고 이 자리에 섰다. 이 폭탄들이 우주기지 상공에서 터지면 우주선과 발사대의 전자 장비에 과전류가 흘러 모든 부품이 손쓸 수 없이 망가진다. 저들은 전자기 펄스의 영향을 차폐하는 기술을 갖췄다. 하지만 우리는 그 방호를 돌파할 해결책을 창의적으로 찾아냈다.

희망호는 제때 뜨지 못할 것이다.

동생이 일어나 사람들을 향해 섰다. 짧은 연설을 시작한다. 연설은 이렇게 마무리된다. "이것이, 인류 역사상 가장 큰 불공정에 대한 우리의 응답입니다. 오랫동안 고민하고 여러 차례 대화를 시도했지만, 이 길뿐이었습니다."

"폭발호를 폭발시키자!" 누군가 소리침과 동시에, 내가 수신호를 보내자 로켓들이 발사된다.

나는 우울감에 잠긴다. 저 폭탄들은 우주선을 폭발시키지는 못한다고. 그냥 그 안의 부품들을 망가뜨릴 뿐이라고. 잠시 뒤 저곳의 휘황찬란한 조명이 꺼지겠지만, 커다란 화염이나 불꽃은 없을 거라고. 그냥 조용할 거라고. 인류의 미래처럼.

엘리제를 위하지 않으며

엘리제. 사랑하는 내 동생. 착한 내 누이.

지금에 와서 내 생각을 말로 정리하는 게 무슨 소용인가 싶기는 해. 너와 다른 형들은 어차피 이 말을 알아듣지도 못할 텐데. 내 입에서 나오는 소리가 너희들의 귀에 들린다 해도 말이지.

하지만 워낙 이상한 세상이잖아? 최근 몇 년간 우리 모두 경험했듯이.

새어머니는 마녀였고, 사람은 백조로 변신할 수 있었지. 어린 소녀가 쐐기풀로 지은 옷을 오빠들에게 입히면 저주가 풀린다는 말 같잖은 설명까지도, 우리는 믿었어. 기댈 곳이 그뿐이었으니.

실제로 마법이 풀렸으니 그 얘기는 사실이었지. 하지만 엘리제 네가 입을 열어 소리를 내면 그 말이 칼이 되어 백조로 변한 우리에게 날아온다는 얘기는, 나는 여전히 의심스러워. 그 말은 우리가 제대로 검증한 적이 없지. 네가 그 긴 시간 동안 한마디도 하질 않았으니.

그러니 어쩌면 이렇게 내가 허공을 향해 하는 말이 어떤 마법으로 인해 너에게 전달될 수도 있지 않을까. 바람을 따라서, 혹은 물결을 타고.

그리고 어느 자비로운 공기의 요정이나 오지랖 넓은 물의 정령이 나타나 내 말을 너와 다른 형들에게 전해주면서, 백조의 노래를 인간의 언어로 번역하는 정도의 수고는 감수해주지 않을까.

다들 궁금하겠지? 내가 왜 마지막 순간에 네가 던진 쐐기풀 스웨터를 피해 하늘로 날아올랐는지.

사람들이 궁정 안팎에서 두런두런 나누는 이야기는 나도 들었어. 내가 탐욕스러워서 더 큰 스웨터를 노리다 그렇게 됐다는 소문도 들었어. 내가 유달리 불길을 무서워했다고 말하는 사람도 있더라. 계모가 내게만 이중의 저주를 걸었다는 얘기가 있다는 것도 알아. 네 시종 몇 사람은 그 '저주'를 풀기 위해 실력 좋은 마법사를 물색하고 있다며?

다 웃어넘기렴. 나는 더 큰 스웨터를 노리지 않았고, 남들보다 특별히 더 불을 무서워하는 것도 아니고, 딱히 더 저주받은 존재도 아니야.

나는 그냥, 사람으로 돌아가고 싶지 않았어.

어쩌면 엘리제 너만은 눈치를 채지 않았나 싶은 생각도 드는데.

네가 피투성이가 된 손으로 짠 쐐기풀 스웨터를 나 혼자 놓쳤을 때, 다른 형들이 모두 그 옷을 입고 사람이 되는 동안, 네가 잠깐 동안 내게 알겠다는 눈빛을 보낸 것 같은데…… 글쎄, 내 오해인지도 모르겠다만.

내가 사람으로 돌아가기 싫은 이유가 궁금하니?

간단해. 인간으로서의 시간은, 특히 왕궁 생활은 재미가 없었어.

어머니는 너무 일찍 돌아가셨고, 아버지는 우리에게 관심이 없었지. 위로 형들이 열 명이나 있었고. 미신이 성행하는 작고 가난한 왕국에서 열한번째 왕자로 태어났다는 게 뭐 그리 포기할 수 없는 특혜일까. 난 궁중 예절도 싫었다고. 그런데 궁중 정치는 궁중 예절보다 더 지독하다며?

그래, 궁중 정치 얘기가 나와서 말인데, 네 남편이 너를 화형대에 올린 것도 결국은 그 때문 아니겠니. 나는 사람을 화형대에 올리는 사람들이 무섭더라. 네 남편도, 네 시아버지도, 이 나라 사람들도. 한번 사람을 화형대에 올려본 사람은 언제든 다시 그럴 수 있는 것 아닐까.

나는 형들이 인간으로 돌아온 뒤 계모를 벌준 방식도 무서워.

난 백조인 게 좋더라. 하늘을 날 때는 자유롭고, 물 위에 떠 있을 때는 편안해. 너는 구름 위에서 해가 지는 모습이 어떤지 아니? 흔들리는 물결이 수면 아래 어떤 그림자를 드리우는지 아니?

백조도 간혹 다른 백조와 격하게 싸우기는 하지만, 대개 그 싸움은 금방 끝나. 어떤 백조도 다른 백조를 장작더미에 올리고 불태우려 들지는 않아. 싸움을 빨리 끝내고 싶으면 먹이를 내주거나 고개를 숙이며 뒤로 물러나면 돼.

네가 쐐기풀 스웨터를 짜는 모습을 지켜보며 그런 생각들을 했어.

사람에서 백조가 된 건 내 선택이 아니었지. 하지만 백조에서 사람으로 돌아가느냐 마느냐는 내가 선택할 수 있는 일이었고, 나는 선택했어. 그 결과에 만족하고.

그러니 사랑하는 내 동생, 착한 내 누이 엘리제야.

나를 용서해주렴.

네가 나를 그리워하는 건 알아. 나를 위해 쐐기풀 스웨터를 짜준 것에 깊이 감사해. 그런 네 노력을 허사로 만들어서 정말 미안해.

그런데 나는 인간으로 사는 것보다 백조로 사는 게 더 좋아. 이 삶에도 나름의 힘든 점이 있지만, 각오는 되어 있어. 부디 그런 내 선택을 받아들여주렴. 이해해주렴. 하늘을 날아가는 백조를 보며 미소 지어주렴.

이 노래가 꼭 인간의 언어로 너한테 전해졌으면 좋겠다. 그게 불가능한 희망이라고 느껴지지는 않아. 시간은 좀 걸릴지 모르겠지만, 기다릴 수 있어. 그 기다

림이 그렇게까지 힘들지도 않아.

 사실 희망에 대해서라면 우리만큼 잘 아는 존재도 없잖아.

마녀재판

아주머니는 마녀가 아니에요! 우리 어머니도 마녀가 아니에요!

열한 살짜리 소녀의 비명은 높지도 날카롭지도 않았다. 너무 오래 울어서 목이 쉬어 있었던 것이다.

네년 에미가 마녀가 아닌 건 우리도 알아! 문제는 네년이지!

군중 속에서 한 사내가 대꾸했다. 그 반박이 절묘했다고 생각했는지 여기저기서 왁자지껄하게 웃음이 터져나왔다.

나는 재갈을 문 채로 밧줄에 묶여 그 광경을 지켜보

고 있었다. 내 몸을 묶은 포승을 뒤에서 장정 두 사람이 붙들고 있는 덕분에 간신히 쓰러지지 않을 수 있었다. 고문으로 양 발목이 모두 부러진 상태였다. 이단심문관의 부하들은 내 옷을 벗기고, 머리카락을 밀고, 때리고, 몸을 지지고, 손톱과 발톱을 뽑고, 찬물을 끼얹고, 굶겼다.

그보다 더 끔찍한 것은 내 앞에서 사람들을 고문한 일이었다. 처음 이 마을에 왔을 때 나를 따뜻하게 맞아주었던 이웃들, 친구들을. 소녀의 어머니도 그중 한 사람이었다. 그녀는 이틀 전에 도르래로 몸을 올렸다가 떨어뜨리는 고문을 되풀이해서 받다 숨졌다. 그리고 이제는 그 딸인 소녀 차례였다.

꼬마 마녀가 운다!

이번에는 아홉 살짜리 남자아이가 소리쳤다. 아이는 내심 어른들이 자기 말에도 웃음을 터뜨려주기를 기대한 모양이었다. 그러나 사람들이 별 반응을 보이지 않자 풀이 죽어 고개를 숙였다. 부끄러움과 분노로 아이의 얼굴이 발갛게 달아올랐다.

그 아이는 대장장이의 막내아들이었다. 지난해 심

한 열병을 앓아 우리집에 처음 왔고, 병이 나은 뒤에도 수시로 찾아왔다. 대장장이는 부인과 자식들에게 걸핏하면 손찌검을 했고, 남자아이는 아버지를 피해 우리집에서 몇 시간이고 숨어 있곤 했다.

남자아이는 우리집에 종종 찾아오는 검은 고양이를 좋아하면서도 약간 무서워했다. 마녀로 지목된 소녀가 고양이 밥을 줄 때 자기가 하겠다며 여러 번 난리를 쳤더랬다. 그런데 막상 혼자서는 고양이에게 가까이 가지 못했다. 검은 고양이와 마녀의 관계에 대한 이야기를 어른들로부터 들었던 것일까.

사내들은 소녀와 나를 물가로 끌고 갔다. 이단심문관과 젊은 영주가 물가에서 기다리고 있었다. 마을 사람들이 우리를 에워쌌다. 이단심문관은 한쪽 눈이 먼 노인이었다. 그는 한 손으로 마녀 감별 방법이 적혀 있다는 두꺼운 책을, 다른 손으로는 끝에 보석이 박힌 홀笏을 쥐고 있었다.

이단심문관이 소녀에게 물었다.

너는 저 마녀의 집에 얼룩 하나 없는 새까만 고양이가 찾아오는 것을 알았지? 너도 그 고양이와 같이 어울렸지? 그것이 마왕 마몬의 말을 전하는 사자使者인 것도 알았지? 너도 마왕 마몬과 그 아들들이 마녀들을 만나는 회합에 가서 난교를 벌였지? 그리고 마을 사람들을 저주하고 갓난아이들을 죽이겠다고 맹세했지?

테레사 아주머니는 마녀가 아니에요! 소녀가 용감하게 맞섰다. 테레사 아주머니는 좋은 분이에요! 약초를 잘 알고 짐승을 잘 다스리는 현명한 분이에요. 마을 사람들 모두 테레사 아주머니한테 신세를 졌다구요. 젊은 여자들은 다 알아요. 산파가 필요할 때 모두 테레사 아주머니를 찾아갔어요. 돼지가 아프거나 보리가 싹을 틔우지 못할 때도 모두……

거짓! 사악한 증언! 교활한 술수! 이단심문관이 그렇게 소리치며 홀로 소녀의 머리를 세게 때렸다. 둔탁한 소리가 나고 소녀의 이마가 찢어져 아래로 피가 흘러내렸다. 피가 눈을 지나 뺨으로 흐르자 소녀가 피눈물을 흘리는 것처럼 보였다. 소녀는 피가 들어가는 것도 아랑곳 않고 눈을 부릅떴다.

그 눈으로 소녀는 이 모든 일의 시작이 무엇이었는지를 꿰뚫어보는 것 같았다.

이거 다 당신 짓이잖아! 당신이 테레사 아주머니를 애인으로 삼으려 했다가 그게 안 되니까 마녀라고 덮어씌운 거잖아! 소녀가 젊은 영주를 노려보며 외쳤다. 그리고 테레사 아주머니가 굴복하지 않으니까 아주머니랑 친한 여자들까지 마녀로 몬 거잖아. 남편 없는 여자들, 아버지 없는 여자들을.

소녀의 목이 쉬어 있었기 때문에 그 외침은 멀리까지 퍼지지 않았다. 그래도 젊은 영주는 알아들었다. 그도 아홉 살 남자아이처럼 얼굴이 벌게졌다. 그는 옆에 선 사내의 허리에 걸려 있던 곤봉을 빼들고는 소녀에게 다가가 그걸 전력으로 휘둘렀다.

곤봉이 소녀의 배를 강타했고, 소녀보다 내가 더 몸을 격렬하게 흔들었다. 나는 영주와 이단심문관에게 제발 이 미친 짓거리를 멈춰달라고, 무엇이든 하겠다고, 무엇이든 내주겠다고 빌고 싶었으나 재갈 때문에 말이 나오지 않았다. 침과 신음소리만 흘러나올 뿐이었다.

허리가 꺾였던 소녀가 천천히 고개를 들었다. 소녀는 입에서 피를 흘리며 중얼거렸다. 당신들은 전부 다

나쁜 사람들이야. 아무 잘못도 없는 여자들을 마녀로 몰아서 때려죽이고 태워 죽인 사람들이야. 그 모습을 보면서 즐거워했지. 모두 지옥에 떨어질 거야. 잠자코 지켜본 사람들, 당신들도 마찬가지야. 당신들은 비겁자고 겁쟁이야.

마녀가 주문을 외운다! 꼬마 마녀가 악마를 부른다! 마을 사람들이 흥분했다. 뒷줄에 서 있던 사람들에게는 소녀의 말이 들리지 않았고, 무언가를 웅얼거리는 모습만 보였다.

앞줄에 서 있던 중년 여인은 소녀의 말을 알아들었다. 하지만 그녀의 반박은 엉뚱했다. 아무 잘못도 없는 여자들이라고? 거짓말하지 마, 암캐 같은 년! 네년이 마을 젊은 남자들을 홀리고 다닌 거 다 알아! 테레사라는 저년한테 남자 유혹하는 법을 배웠겠지, 그렇지?

중년 여인은 소녀에게 달려들어 머리채를 잡으려 했다. 하지만 뒤에서 돌멩이가 날아오는 바람에 발걸음을 멈췄다. 소녀가 마왕 마몬을 소환한다고 생각한 마을 사람들이 돌을 던지기 시작한 것이다.

조용! 조용! 재판은 율법에 따라, 절차에 맞추어 공

정하게 진행돼야 한다! 신께서 지켜보고 계신다!

이단심문관이 홀을 쥔 손을 하늘로 들고 외쳤다. 돌 팔매질은 멈췄지만, 사람들의 웅성거림은 잦아들지 않았다.

마을 사람들은 율법에 따라 남은 재판 절차를 진행했다. 이단심문관은 피투성이가 된 소녀의 몸을 밧줄로 묶으라고 지시했다. 사람들은 밧줄 끝에 돌로 가득한 주머니를 달았다. 마을 주민들이 흥겨워하며 소녀와 돌 주머니를 강에 던졌을 때, 이번에도 소녀보다 내가 더 몸을 격렬하게 뒤틀고 흔들었다.

마녀는 물에 뜨고 마녀가 아닌 사람은 가라앉는다. 그러므로 마녀로 의심되는 여자는 돌에 묶어 던져야 한다. 그 여자가 만약 마녀라면 확실히 물에 빠뜨려 죽여야 하지 않겠는가? 무식한 마을 사람들은 몰라도, 이단심문관은 그게 말도 안 되는 소리임을 알고 있을 것이다. 그는 한때 존경받는 학자였다.

영주도 그 엉터리 논리에 속지는 않았을 것이다. 탐욕스럽고 야비하기는 해도 그는 똑똑한 남자였다. 그는 지금 이 순간에도 나를 마녀라고 생각하지 않는다.

나를 두려워하지도 않는다. 그저 자신의 자존심을 뭉갠 나를 철저히 파괴하고자 할 뿐이다.

이제 소녀는 돌 주머니에 몸이 묶여 강 아래 있다. 강변에 선 사람들이 낄낄대며 소녀가 몸부림을 멈춰 간다고 말했다. 몇몇은 소녀의 모습을 더 잘 보겠다며 강물에 제 머리를 집어넣기도 했다.

마침내 영주가 내게 다가왔다. 그는 내 귀에 대고 작은 목소리로 빈정댔다. 고고한 테레사, 아름다웠던 테레사, 지금 기분이 어때? 아직도 내가 우스워 보여? 여전히 내가 당신한테 부족한 남자라고 생각해? 그는 내 입을 묶고 있던 재갈을 거칠게 풀었다. 그리고 물었다. 뭐라고 말 좀 해봐, 응?

간신히 말을 할 수 있게 된 나는 먼저 격하게 기침을 했다. 그리고 울면서 주문을 외웠다. 증조할머니가 가르쳐준 주문이었다. 재갈이 물린 상태로 몇 번이나 외우려 했던 주문이었다.

나는 마왕 마몬을 불렀다.

마왕 마몬은 일단 시간을 정지했다. 영주도, 이단심문관도, 마을 사람들도 모두 생생한 조각처럼 동작을 멈췄다. 마왕 마몬이 검은 망토를 두른 채 핏빛으로 변한 하늘에서 내려왔고, 그의 아들들이 주변을 빠르게 날아다녔다.

테레사여, 마침내 나를 불렀구나. 마왕 마몬이 싱긋 웃으며 말했다. 이제는 나와 교합할 마음이 드는가? 내 아들들과도?

마왕이시여, 백 번이고 천 번이고 하겠습니다.

내가 대답하자 마왕이 손을 흔들었다. 내 머리에서 머리카락이 빠르게 자라났고, 얼굴의 멍 자국과 팔다리의 화상 자국도 사라졌다. 부러진 발목뼈도 온전히 붙었다. 내 눈에는 총기가 돌아왔고, 내 피부는 수백 년 전처럼 희고 고와졌다. 나를 묶고 있던 밧줄은 불에 타서 사라졌다. 나는 이제 마왕이 걸친 것과 같은 검은 망토를 두르고, 검은 치마를 입고 있었다. 모두 순식간에 벌어진 일이었다.

마왕은 치료를 마치고는 농담처럼 가볍게 말했다. 참, 그런데 그대도 잘 알겠지만 나는 이번 일에 아무런 간여도 하지 않았어. 이건 순전히 인간들이 저지른 일이란 말이지. 가끔은 나도 인간의 상상력과 잔인함에 탄복한다니까. 인간들이 뭉치면 당해낼 수가 없어. 대단해, 정말 대단해.

물론 나도 잘 아는 사실이었다. 나는 마왕의 감탄을 등뒤로 하고 강으로 달려갔다. 이제 시간이 다시, 하지만 천천히 흐르기 시작했다. 나는 강물로 뛰어들어 소녀를 구해냈다. 내 손에서 푸른 불길이 일었고, 소녀를 묶었던 밧줄이 조금 전까지 나를 묶고 있었던 밧줄과 마찬가지로 재가 되어 사라졌다.

나는 소녀를 강변에 눕히고 내가 아는 가장 강력한 치료 주문을 외웠다. 물을 뚝뚝 흘리며 소녀의 호흡과 맥박을 확인하는 내게 마왕 마몬의 첫째 아들이 말했다. 저어, 방해하는 것 같아서 죄송합니다만 저 두 녀석은 아무래도 죽여야겠지요? 마왕 마몬의 장남이 가리킨 방향에는 이단심문관과 젊은 영주가 서 있었다.

최대한 고통스럽게. 내가 대답했다.

분부대로 합지요. 마몬의 장남이 과장되게 고개를 숙였다. 그는 이단심문관의 몸에 불을 질렀다. 진짜 불처럼 뜨겁지만, 사람의 숨을 쉽게 끊지는 않는 불이었다. 영주 주변에는 황산 구름이 피어올랐다. 영주의 피부가 녹아내리기 시작했다.

 어, 저도 방해하는 것 같아서 죄송합니다만 마을 사람들은 어떻게 할까요? 잠깐 제정신이 아니었던 사람들인데 그냥 용서해줘도 괜찮지 않을까요? 마왕 마몬의 둘째 아들이 날아와 약올리듯 물었다. 그는 종종 새까만 고양이로 변신해 우리집에 놀러오곤 했었다. 교활한 녀석. 그렇게 내 손에 피를 묻히고 싶다는 거지.

 나는 주변을 둘러보았다. 마을 사람들은 느릿느릿 도망치고 있었다. 놀라서 엉덩방아를 찧은 사내도 있었고, 오줌을 지린 아낙도 있었다. 내 눈이 대장장이의 막내아들에 이르러 잠시 멈췄다. 남자아이는 울음을 터뜨리며 어머니의 손을 잡으려 했지만 겁에 질린 대장장이의 부인은 반대 방향을 바라보고 있었다.

 전부 다 죽여.

 내가 마왕 마몬의 둘째 아들에게 지시했다. 내 목소리는 분노로 떨리거나 사악하게 들리지 않았다.

 조용하고 차분하고 단호할 따름이있다.

은혜를 갚지 마세요, 어머니

 어머니, 가지 마세요. 저희는 두려워요. 아직도 저는 착지를 잘 못해요. 비 오는 날 날갯짓도 힘들고요. 그나마 저희들 중에 제일 몸집이 큰 제가 이래요.

 어머니, 저는 구렁이 여인이 왜 선비에게 그런 이상한 말을 던졌는지 알아요. 구렁이 여인은 오랫동안 도를 닦았고, 용이 되어 승천하기 직전의 상태잖아요. 어머니와 제가 몰래 숨어서 그 상황을 지켜보고 있다는 걸 당연히 알고 있었어요.

 구렁이 여인이 정말 참을 수 없을 정도로 분노했다면, 이것저것 따지지 않고 선비의 몸을 죽을 때까지

졸랐겠지요. 이상한 내기 따위도 하지 않고요. 하지만 구렁이 여인은 "산꼭대기에 있는 절의 종이 세 번 울리면 너를 살려주마" 하고 말했어요.

헛된 희망을 품고 천천히 좌절하면서 괴로워하는 선비의 얼굴을 보고 싶어서 그랬던 걸까요? 그렇다면 왜 석방의 조건이 하필 '산꼭대기에 있는 절의 종이 세 번 울리는 것'일까요? 동이 트기 전까지 한 글자도 겹치지 않게 천 자의 시를 지으라든가, 자신의 진짜 이름을 알아맞히게 했다면 선비가 훨씬 더 쩔쩔맸을 텐데요. 아예 답이 없는 수수께끼를 풀게 했다면 확실하게 죽음을 선사하면서도 죽기 전까지 같은 고통을 줄 수 있었을 텐데요.

"산꼭대기에 있는 절의 종이 세 번 울리면 너를 살려주마." 선비 입장에서는 뜬금없고, 공정하지도 않죠. 그건 선비더러 한 말이 아니었어요. 저희를 향해 한 말이었어요.

구렁이 여인의 남편인 구렁이 사내가 저희 둥지를 덮쳤을 때, 어머니는 온 사방을 향해 울부짖으셨지요. 어머니의 자식들이 죽어가고 있다고, 도와달라고, 너무 아프다고. 그때 어머니는 인간의 말을 쓰지 않으셨어요. 은혜를 갚겠다는 약속도 하지 않으셨어요. 은혜라는 단어 자체가 너무…… 인간들이 쓰는 말이잖아요. 인간들이나 그런 식으로 서로에게 빚을 지우죠.

심지어 선비조차 저희들이 그에게 뭔가를 갚아야 한다는 생각은 하지 않을 거예요. 선비는, 그냥 그 순간 알량한 동정심에 취해서 활을 쏘았어요. 구렁이 여인이 선비에게 한 말이 옳아요. 구렁이 여인은 이렇게 말했죠.

"너희들은 여태껏 수없이 많은 동물을 죽여 식량으로 삼지 않았느냐? 먹이를 구하지 못하면 굶어죽어야 하는 처지는 우리도 마찬가지 아니더냐? 차라리 네가 배가 고파서, 내 남편의 살을 원해서 그이를 죽인 거라면 이해하겠다! 왜 먹지도 않을 거면서 우리를 활로 쏜단 말이냐? 그 이유는 고작 우리 생김새가 네 눈에 안 좋아 보인다는 것 아니었느냐?"

선비가 구렁이 사내의 사냥에 간섭하지 말았어야 했다, 저희들 중 하나가 구렁이 사내의 먹이가 되었어야 했다는 말은 차마 못 하겠어요. 하지만 이 말은 할 수 있어요.

은혜를 갚지 마세요, 어머니.

구렁이 여인도, 어머니도, 저희도, 인간의 언어에 오염이 되어버렸어요. 구렁이 여인은 도를 닦느라 사람의 말을 배웠지요. 어머니와 저희들은 절 근처에 살면서 어느 순간 인간의 말을 듣는 법을 깨쳤고요. 구렁이 여인도 저희가 인간의 말을 이해한다는 사실을 알고 있지요. 저희는 인간의 언어를 익히는 동안 은혜라든가, 인륜이라든가, 염치 같은 개념에 사로잡히고 말았어요.

저희는 은혜를 모르는 동물이에요.

어머니가 만약 '인간의 윤리'를 지키려 저 산에 올라가 머리로 종을 받는다면, 그 일을 세 번이나 한다면, 어머니는 큰 고통 속에 돌아가실 거예요. 그리고 어머니가 돌보아주지 않으시면 저희들은 틀림없이 죽어요. 인간인 선비가 동물들의 세계에 개입하는 바람에, 그리고 어머니가 동물 세계의 법칙이 아닌 다른 세계의 윤리를 따르려 하는 바람에, 저희 가족이 몰살당하는 거죠. 누구의 배도 불리지 못하면서요. 그게 구렁이 여인이 노리는 바예요.

이런 말씀 드리기는 정말 괴롭지만 어쩌면 어머니는 종을 세 번 울리지 못하고 돌아가실지도 몰라요. 그러면 선비도 죽고, 우리도 죽어요. 선비의 죽음이 구렁이 여인의 진짜 목표는 아니지만, 선물은 되겠지요.

구렁이 여인이 용이 되면 이 일대의 수호신이 되겠지요. 아주 엄한 수호신이. 인간들에게는 동물 세계의 법칙에 간섭하지 말라고 경고하고, 동물들에게는 인간의 윤리 따위에 관심 기울이지 말라고 명령하는. 저희 가족은 어쩌면 새 용신이 내세울 본보기가 될 수도 있겠지요.

아, 어머니, 그런데도 기어이 저 산으로 가시려는 건가요? 저희들이 죽을 걸 뻔히 알면서 정말로요?

한 번만, 한 번만 더 생각해주시지 않겠어요?

여신을 사랑한다는 것

내가 헤어지겠다고 말했을 때, 더는 버틸 수 없다고 분통을 터뜨렸을 때, 그녀는 길길이 뛰었다.

그녀는 몸을 공중에 띄워 폭풍을 일으켰다. 근처 건물들의 유리창이 모두 박살났다. 길을 걷던 사람들이 비명을 지르며 쏟아지는 유리 조각을 피했다.

"인간 주제에 감히…… 재앙을 불러오겠다. 네 일족을 멸하고 이 도시를 불태우겠어. 너를 산 채로 돌로 만들어 만 년 동안 묶어놓으리라. 만 년 뒤에 깨워서 사지를 찢어 죽이겠다."

그러나 그때는 나도 제정신이 아니었으므로 마음대

로 하라고 맞섰다. 그러자 그녀는 울음을 터뜨렸다.

두 시간쯤 후에 우리는 서로 꼭 붙어 앉아 있었다. 나는 머릿속에 떠오르는 가락을 기타로 연주했다. 복잡한 코드의 멜로디였다. 그녀가 내 어깨에 머리를 기대왔다.

"돌로 만들었다가 만 년 뒤에 사지를 찢는 거랑, 바로 찢는 거랑 뭐가 달라? 어차피 돌이 되면 아무것도 못 느끼잖아."

내가 그렇게 묻자 그녀는 대답 대신 손가락으로 내 옆구리를 찔렀다.

내친김에 그녀에게 정말 내 일족을 멸하고 도시를 불태울 힘이 있는지도 물었다. 내가 알기로 그녀는 그렇게까지 강한 신은 아니었기 때문이다.

"있어."

그녀가 대답했다. 그러고는 자신도 고대의 전쟁에 참전해 몇몇 문명을 무너뜨린 적이 있다고 고백했다.

"나를 빼고는,"

그녀가 설명했다.

"신들은 모두 전쟁광이야. 다만 서로 취향이 다른

것뿐이지. 어떤 신들은 고대의 백병전을 선호하고, 어떤 신들은 중세의 공성전에 미쳐 있어. 근대에 내려오는 신들은 초인이나 영웅이나 전설이 되는 대신 초인적인 지휘관, 영웅적인 분대장, 전설적인 저격수가 되지."

"하지만 우리 시대에는 신이 없잖아."

내가 말했다.

"현대전은 신들 기준으로는 너무 심심하거든."

"발라드의 여신에게 도시를 멸망시킬 힘이 있을 정도면, 창조신들은 얼마나 강한 걸까."

"창조신들은 전쟁을 치르지 않아. 그들은 섭리를 주관하지. 처음에 세운 섭리가 제대로 작동하지 않을 때 강림해서 조치를 취할 뿐이야."

조금 전에 격렬히 싸웠던 덕일까. 신들에 대한 이야기를 이렇게 오래, 깊게 나눈 것은 처음이었다.

"혹시 어떤 신이 모종의 이유로 신계로 돌아가지 않고 이 세계에 남고 싶어한다면…… 장소신들은 그런 걸 조정하는 권능도 갖고 있으려나."

내가 물었다.

"그들은 그런 일을 결코 허락하지 않아."

그녀가 머리를 내 어깨에서 뗐다.

"그토록 인간을 사랑하기 때문에……?"

내 말에 그녀는 마른 웃음을 터뜨렸다.

"그건 사제들의 거짓말이지. 창조신들은 인간에게 아무런 관심도 없어. 그들이 보호하려는 건 우리야. 창조신이 아닌 다른 신들."

내가 사는 세계는 그저 신들의 놀이터일 뿐이라고 그녀는 설명한다. 그들은 자신들의 세계에서 벌일 수 없는 전쟁을 즐기기 위해 우리 세계를 창조했다고. 이곳에서 나를 비롯한 인간들의 역할은 그들의 드라마를 더 박진감 넘치게 만드는 것이라고. 병사와 백성이 되어서.

슬픔과 비명은 예측할 수 없어야 더 흥미진진하기에, 우리에게 자유의지를 부여했다고.

"내가 인간을 사랑하게 됐다는 말을 한다면, 창조신들은 그건 사랑이 아니라 깊은 병이라고 대꾸할 거야. 그리고 다시는 이곳에 내려오지 못하게 할 테지. 그들은 신들이 인간계에 강림하는 걸 막을 수 있어. 사실

우린 이곳에 내려올 때마다 창조신들의 허락을 받아."

그런 설명에 나는 크게 흔들리지 않는다. 어차피 이전부터 이 세상은 내가 모르는 거대한 힘에 의해 움직이고 있었다. 달라진 것은 없다.

그녀는 말을 잇는다.

"당신은 모를 거야. 신들의 삶이라는 게 얼마나 비루한지. 신성이라는 게 얼마나 하찮고 역겨운지. 나도 여기 있고 싶어. 하지만 그럴 수가 없어. 당신의 얼굴, 당신의 노래, 당신의 몸…… 그걸 보고 듣고 만지기 위해 나는 매시간 창조신들에게 대가를 치러야 해. 그건 당신 것인데도."

그녀는 객석 맨 앞자리에 앉았다. 나의 여신은 최대한 신성을 가리려 하지만, 주변 관객들은 본능적으로 그 힘을 느끼고 위축된다.

나는 공연 내내 그녀를 보며 노래를 부른다. 앙코르 요청을 거듭해서 받은 뒤에는 망설이다 신곡을 발표한다. 고향을 떠나 방랑하다 먼 도시까지 온 여행자에 대한 노래다. 도시에 사는 사람들은 아름답지만 너무 연약하고, 젊음은 순식간에 시들어버린다. 여행자는 도시 주민과 사랑에 빠져 괴로워한다. 노래를 마칠 때쯤 그녀가 왈칵 울음을 터뜨린다.

대기실에 들어온 그녀가 나를 껴안는다. 매니저가 대기실에 들어왔다가 여신의 기운에 압도돼 얼떨떨한 표정으로 물러난다.

"영원히 잊지 못할 거야. 특히 그 마지막 노래……"

그녀는 갑자기 선 채로 잠든 것처럼 멍해진다.

'로그아웃'이라고 하는 현상에 대해 전에 그녀가 경고한 적이 있지만, 실제로 보는 것은 처음이다. 신계와 인간계를 연결하는 가느다란 끈이 흔들릴 때, 또는 신들의 영혼에 중대한 일이 벌어졌을 때 신들은 그렇게 육신만 남기고 신계로 되돌아간다고 했다.

그런 경우에도 창조신들의 힘을 빌려 텅 빈 몸을 자연스럽게 움직이게 만드는 방법이 있다고, 그녀는 설명해주었다. 그러나 자신은 그렇게 하지 않는다고. 그녀 자신의 영혼에서 우러나온 말과 행동만을 내게 보여주기 위해서.

나는 그녀를 껴안고 영혼이 돌아오길 기다린다.

그리고 기도한다. 여신의 영혼에 사고가 일어난 것이 아니라 잠시 두 세계를 잇는 줄이 흔들린 것뿐이기를. 창조신도 섭리도 아닌 무언가를 향해, 나는 간절히 빈다.

잠시 뒤 그녀가 서서히 돌아온다. 내게 안긴 그녀의 몸에 힘이 들어간다.

가슴 깊은 곳에서 뜨거운 무언가가 치밀어오른다.

이건 진짜야. 거짓이 아니야. 누군가의 꿈이 아냐. 나는 생각한다.

종말에 절망하고

"믿기지가 않네." 옆에 선 연구원이 작은 목소리로 말했다. "뭐가?" 무슨 답이 나올지 대충 예상하면서도 내가 물었다.

"모든 게. 소행성이 지구에 충돌한다는 것도, 그걸 인류가 막지 못한다는 것도, 정부가 무너진 것도, 전기와 수도가 끊긴 것도. 우주 그물 같은 황당한 프로젝트에 그 많은 돈을 썼다는 것도, 사람들이 그토록 쉽게 폭도로 변해버렸다는 것도, 그리고 얼마 전끼지 연구실에서 논문이나 쓰던 우리가 이렇게 총을 들고 기지를 지키고 있다는 것도."

내가 고개를 끄덕였다. 나도 마찬가지였다. 이 모든 게 다 꿈만 같았다. 몇 분 뒤면 이불을 걷고 일어나 커피를 마시고 따뜻한 물로 샤워를 한 다음 출근길 지하철에서 휴대폰으로 웹툰을 보면서 "참 지독히도 괴상한 꿈을 꿨네" 하고 중얼거릴 것 같은 기분을 종종 느끼곤 했다.

우리는 우주기지의 남쪽 철책을 담당한다. 내 등뒤에 있는 우주기지에는 높은 건물이 많다. 건조중인 우주선도 높이가 사십층 규모인 빌딩과 비슷하다.

반면 내 눈앞에 보이는, 철책 너머의 광경은 그와 대조적이다. 난민 캠프의 건물은 대부분 한 층짜리 판잣집이나 비닐하우스들이며, 야간 조명은 상당 부분 양초와 모닥불에 의존하고 있는 터라 전반적으로 어두컴컴하다. 그곳 사람들은 더러운 물을 마시고 상한 음식을 먹으며, 비상 발전기를 돌릴 기름을 찾아 거리를 헤맨다.

등뒤에 있는 우주선을 철책 안쪽의 우리는 희망호, 혹은 방주라고 부른다. 철책 바깥쪽에 있는 사람들은 우리가 건설중인 이 거대 우주선을 '절망호'라든가

'귀족호'라든가 '폭발호'라고 부른다. 폭발호라는 단어에는 우주선이 이륙하자마자 폭발하기를 비는 저주의 마음이 담겨 있다.

일 년 전만 해도 손에 잡아보리라고는 상상도 못했던 소총을 들고 망루에서 보초를 서다보면 온갖 상념이 든다. 철책 밖 사람들이 주장하듯이, 정말 제비뽑기가 최선의 해법이었을까? 전부 운에 맡겨야 했을까? 그 외에는 어떤 방법을 썼어도 지금과 마찬가지 상태가 됐을까?

하지만 무작위 추첨을 한다 하더라도 과학자와 기술자는 필수 인원으로 따로 선발해야 하지 않나. 어찌 됐든 인류가 생존하려면 과학과 기술이 필요하니까. 과학자들이 없었다면 소행성이 다가오고 있다는 사실조차 알 수 없었을 터다.

어떤 면에서는 지구에 충돌할 소행성을 발견하기도 전에 인류는 추첨을 먼저 실시한 셈이다. 당첨자는 처음부터 오천 명으로 한정되어 있었다. 주어진 시간 안에 최신 과학기술로 지을 수 있는 가장 큰 우주선이 수용 가능한 탑승자 수는 이미 결정되어 있었다.

우주선을 건설하는 목적은 한 개인이 아니라 인류 문명의 생존을 위해서다. 그 관점에서 정직하게 생각해보자. 한정된 오천 석은 우주선 관리와 운영, 새 문명 건설에 필요한 지식을 지닌 인원으로 채울 수밖에 없다. 그런 지식을 대학이나 기업 연구소에서 익히느냐 아니냐. 세계 인구 팔십억 명 전원은 아니더라도 적어도 수억 명은 그런 선택을 십여 년 전에 할 수 있었다. 그것이 바로 추첨이었다.

물론 이것은 철책 안의 논리다. 철책 밖, 난민 캠프 거주자들은 이 논리를 인류 역사에서 가장 큰 불공정이라고 주장한다. 초기에는 그들 중에도 온건파가 있었다. 자기들끼리 대표 단체를 꾸려 우주기지 책임자들과 대화를 시도했다. 겉으로 내세운 명분은 추가 탑승자를 선발해달라든가, 기지 밖에 방공호를 건설할 기술과 자원을 지원해달라든가 하는 것이었다.

우주기지측은 교섭에 응했지만 기지가 공격받는 일을 피하기 위해서였지, 그들의 요구를 진지하게 검토한 적은 없었다. 한 번이라도 추가 탑승자를 선발하면 같은 요구가 계속해서 이어질 터였다. 또 설령 수십,

수백 미터 깊이의 방공호를 판다 해도 그 안에서 소행성 충돌의 충격파를 버틸 수는 없다는 게 과학적으로 입증되어 있었다. 애초에 그렇기 때문에 우주선을 만드는 것이다.

게다가 시간이 흐를수록 난민 캠프에서 내분이 발생하고 대표 단체들이 난립하면서 만남 자체가 어려워졌다. 협상이 불가능하다는 사실을 깨닫게 되면서 온건파 난민도 점차 자취를 감췄다. 그 대신 산발적인 시위와 공성전, 땅굴 파기, 자동차 돌진의 횟수가 점차 많아졌다. 내게는 이 모든 일이 일종의 자연법칙처럼 느껴졌다. 날이 갈수록 기지로 진입하려는 시도가 절망적이고 극단적으로 변해간다는 점까지 포함해서.

가장 위협적인 공격은 일주일 전에 있었다. 난민 캠프에서 온갖 부품을 끌어모아 전자기 펄스 폭탄을 만들고 사제 로켓포에 실어 우주기지로 날린 것이다. 다행히 우주기지의 핵심 시설은 전자기 펄스 차폐 장치를 갖추었기에 피해는 크지 않았다. 다만 나중에 폭탄 파편을 분석한 기술자들은 개중 몇 개는 제대로 터지기만 했다면 차폐 장치도 뚫었을 거라며, 하마터면 큰 일날 뻔했다고 가슴을 쓸어내렸다.

 사건 이후 난민들에 대한 적대감은 급격히 높아졌다. 난민들의 처지가 가엾기는 하다. 하지만 이제 그들도 자신들을 우주선에 태워달라고 요구하지 않는다. 자신들만 죽을 수는 없다면서, 함께 죽자고 노골적으로 주장한다. 전자기 펄스 폭탄 공격이 그 사실을 분명하게 보여줬다. 그들에게 우주기지를 뺏기면 호모 사피엔스는 물론 지구의 모든 동식물 종이 멸종하고 만다.

 기지 내에서 난민에 대한 동정적인 여론이 자취를 감추면서 우주기지 대장은 난민 캠프에 대한 전기와 수도 지원을 반으로 줄였다. 드론으로 보급하던 구호 물품도 완전히 중단했다. 일부이기는 하지만 '토벌'을 주장하는 사람마저 나왔다. 난민들이 우주선 개발에 실질적인 위협으로 확인된 만큼, 적어도 기지 코앞에 캠프를 건설하지는 못하도록 최소한의 안전지대를 확보해야 한다는 거였다.

 "저기……"

 옆의 동료가 망원경을 황급히 내리고 철책 쪽을 가

리켰다. 나는 시력이 좋은 편이다. 망원경을 쓸 필요도 없이, 그가 무엇을 보고 안색이 바뀌었는지 바로 알아챘다. 난민들이 몰려오고 있었다. 스무 명 정도 되어 보였다. 그런데 그중 두 사람은 거대한 젓가락 한 쌍을 거꾸로 세운 것 같은 괴상한 장비를 들고 있었다.

"저게 뭐지?"

내 질문에 동료 연구원은 짐작도 못하겠다는 표정으로 고개를 저었다.

거대한 젓가락 두 짝을 들고 있는 사람은 중년으로 보이는 남자와 여자였다. 남자 옆에는 사내아이가, 여자 옆에는 여자아이가 서 있었다. 가족인 듯했다. 다른 이들 중에도 어린아이와 노인이 섞여 있었다. 모두 바짝 말랐고, 꾀죄죄했다. 잘 조직된 시위대라기보다는 구걸을 하러 나온 대가족 같은 모습이었다.

잠시 뒤 난민들은 거대한 젓가락을 전기가 흐르는 철책 위로 흔들었다. 저 거대한 젓가락이 뭔지는 모르겠지만 느낌이 좋지 않았다. 동료와 나는 상황을 우주 사령부에 보고했고, 지휘 본부에서는 자신들도 CCTV로 지켜볼 테니 잘 살펴보라고 응답했다.

난민 캠프에도 과학기술은 있다. 사람들은 곤경에 빠지면 창의성을 터뜨리는 것 같다. 게다가 전세계의 과학자, 기술자들이 우주기지에 채용될 수 있지 않을까 하는 기대를 품고 그곳에 몰려들어서인지, 18세기와 21세기의 합작품 같은 얼토당토않은 물건들이 하루가 멀다 하고 쏟아져나왔다. 얼마 전까지도 난민 캠프에는 유인물이 몇 종이나 나돌았고, 사설 단파 라디오 방송은 수십 채널이나 있었다.

"지금 봤어?"

이번에는 동료가 내게 물었다. "뭘?" 내가 되묻자 동료는 "조금 전에 저 막대기가 철책을 스쳤다고"라고 대답했다.

"그래서?"

"그런데 불꽃이 튀지 않았어."

동료 연구원의 말에 나는 정신이 번쩍 들었다. 설마 전기 철조망의 전류를 끊는 장치를 저들이 개발한 걸까? 거대 젓가락을 든 남자가 먼저 조심조심 그걸 철책 위에 내려놓고는 땅에 지지대를 설치했다. 젓가락의 무게로 철책 윗부분이 움푹 휘어졌다. 잠시 뒤 여자가 다른 젓가락 한 짝을 철책 위에 올려놓았다. 우리는 다시 사령부로 상황을 보고했다.

보고를 받은 통신 담당은 어쩔 줄 몰라 하는 것 같았다. "상부의 지시를 기다리는 중이다." 어떻게 해야 하느냐는 우리 질문에 그는 그렇게 말했다. 애써 군인 흉내를 내는 말투가 어색했다. 그도 엉겁결에 그 자리에 앉게 된 연구원이나 그 가족 아닐까.

"하늘을 향해 위협사격을 하라."

일 초가 일 분 같은 시간이 흐르고 마침내 사령부에서 지시가 내려왔다. 우리는 지시를 따랐다. 난민들은 망루를 잠시 쳐다봤을 뿐이었다.

그들은 이내 철책 아래 있는 콘크리트 제방 옆에 플라스틱으로 된 간이 계단을 설치하기 시작했다. 일행 중 가장 나이가 많아 보이는 노인이 앞으로 나오더니 가슴에 성호를 그었다. 한 사람이 노인에게 무게가 수 킬로그램은 될 듯한 커다란 와이어 커터를 건넸다. 노인이 그걸 두 손으로 잡고 간이 계단을 올라 콘크리트 제방 위로 올라갔다. 그리고 철책 아랫부분을 자르기 시작했다. 거대 젓가락 두 짝이 여전히 철책 위에 놓인 상태였다.

불꽃은 튀지 않았다. 노인도 감전되지 않았다. 노인의 어깨가 확 펴지는 것을 망원경 없이도 알아볼 수 있었다.

"조준 사격하라. 저 장치를 만든 자를 그대로 둬선 안 된다. 저 장치가 난민 캠프에 퍼지면 기지 방어에 큰 구멍이 뚫린다."

통신 담당이 말했다. 나와 동료는 서로 얼굴을 마주보았다. 당황한 기색이 역력한 통신 담당이 이건 사령부의 명령이며, 곧 경비 병력이 도착할 거라는 말을 늘어놓았다. 우리는 엉거주춤하게 자세를 잡고 총을 쏘았다. 제대로 조준을 하지는 않았다.

난민들은 총소리에 조금 놀라는 것 같았지만 하던 일을 멈추지는 않았다. 거대 젓가락을 들고 있던 남자와 여자가 와이어 커터를 하나씩 들고 계단을 밟아 올라왔다. 그들은 노인 옆에서 함께 철책을 잘랐다.

"구멍을 통해 들어오는 자가 있으면 조준 사격하라. 반복한다. 구멍을 통해 들어오는 자가 있으면 조준 사격하라. 사살하라."

통신 담당이 말했다. 경비 병력이 곧 갈 테니 그때까지만 버티라고 했다. 악몽에서 깨지 못하는 기분이었다. 사령부는 사실 존재하지 않는 게 아닐까? 그곳에 있는 사람은 혹시 통신 담당 한 명이 전부 아닐까? 우리는 우물쭈물하며 다시 성의 없이 총을 몇 번 더 쐈다. 난민들은 망루를 흘끔 올려다볼 따름이었다.

"기지를 빼앗기면 인류의 미래도 사라진다. 조준해서 사살하라."

철책에는 금세 사람 한 명이 통과할 수 있는 구멍이 뚫렸다. 소문이 난 모양인지 철책 너머에서 사람들이 모이기 시작했다. 이제 난민 집단은 한눈에 봐도 오십 명이 넘어 보였다.

"쏴! 쏴! 제대로 쏘라고, 이 천치 녀석들아! 너희들이 지금 무슨 짓을 하고 있는지 아나? 너희 때문에 인류가 멸망할지도 모른다!"

통신 담당이 악을 썼다. 난민들은 철책을 넘어 밀려들어왔다. 노인이 먼저 구멍을 통해 들어왔고, 나음으로 아이들이 들어왔다. 사람들은 아이들을 앞세우고 걸었다. 통신 담당은 계속해서 인류의 미래에 대해 떠

들었다. 경비 병력은 오지 않았고, 망루에 있는 우리 두 사람이 손에 피를 묻혀야 한다는 게 통신 담당의 주장이었다.

연구원들이 각자 어느 망루에서 보초를 설지는 무작위 추첨으로 정했다. 다른 사람이 아닌 내가 이 망루를 맡게 된 데에 필연적인 이유는 전혀 없었다. 아주 지독한 우연일 따름이었다. 내게도, 난민에게도, 인류에게도.

이제 선택을 내려야 할 시간이었다.

미래의 괴수

 미래의 괴수들은 육상에서는 체중을 지탱할 수가 없어서 바다에 살았다. 폭풍 치는 밤이면 바다 위로 수백수천 마리의 괴수들이 머리를 내밀고 바위 해안을 노려보았다. 인간을 증오했기 때문이다. 괴수들은 때때로 해안에 올라와 마을을 덮쳤다. 그래서 내륙 지방이 아니면 사람이 살 수가 없게 되었다. 구릉지가 없는 섬에 살던 사람들은 모두 몰살당했다. 괴수들은 만조 때면 역류하는 강물을 타고 강 상류 지역까지 거슬러올라오기도 했다. 그렇게 와서는 안심하고 있던 사람들을 덮쳤다. 바다에는 괴수들이 수도 없이 많았다. 수억 수천만 마리가 있었다. 진흙탕의 물뱀처럼 서로 엉켜 있었다. 강을 거슬러올라온 괴수 중에는 간조가 되기 전 미처 바다로 되돌아가지 못하고 얕아진 강물에서 몸을 가누지 못해 쓰러지는 놈들도 있었다. 그런 놈들이 생기면 사람들이 몰려들었다. 괴수는 이리저리 목을 뒤흔들며 저항했지만 사람들은 괴수가 피부 호흡을 하지 못하도록 멀리서 모래를 뿌렸다. 점막 피부가 모래로 덮이면 괴수들은 숨을 쉬지 못해 컥컥대다가 몸이 말라서 죽어갔다. 다시 만조가 되면 죽은 괴수의 사체가 물에 퉁퉁 불은 채 반쯤 떠서 왔다갔다 흔들렸다. 괴수의 사체는 물과 함께 썩어갔다. 하늘을 새까맣게 덮으며 새떼들이 몰려와 그 살코기를 파먹었다. 어떤 새들은 괴수의 눈알을 선호했다. 썩어가는 강물 밑으로 다른 괴수가 헤엄쳐왔다. 괴수들은 동료의 시체를 보면 그것을 찢어서 강물이 다시 흘러갈 수 있도록 했다. 그럼에도 사체가 물과 함께 썩어갔기 때문에 마실 수 있는 물이 극히 귀했다. 힘 있는 엘리트들이 강의 상류를 점령하고 둑을 쌓았다. 그들은 상수원을 지키고 외적과 싸우며 뭉쳐 살았다. 외따로 흩어져 사는 사람들은 우물과 지하수를 둘러싸고 치열한 싸움을 벌였다. 대체로 힘센 자가 우물을 차지하고 자기의 부하들을 만들어 우물의 영향권 내에 사는 사람들을 지배하려고 했다. 젊고 아름다운 여성들은 그 마을 우물의 소유자와 부하들에게 몸을 바쳤다. 몇몇 사람들은 독자적으로 새로운 우물을 파려고 시도했다. 그러나 그들은 살해당하거나, 살해당할 것이 두려워 포기하고 말았다. 비가 오는 날은 가난한 사람, 힘없는 사람들이 행복한 날이었다. 그런 날엔 모두 가지고 있는 모든 그릇을 가지고 나와 빗물을 받았다. 그것만큼은 우물 소유주도 어쩔 도리가 없었다. 사람들은 온몸을 비에 적시며 하늘에서 떨어지는 물을 마셨다. 눈이 오는 날에는 쌓인 눈을 뭉쳐서 눈덩이를 만들어 집으로 가지고 갔다. 각자 자기 몸뚱이보다 더 큰 눈덩이를 굴려가곤 했다. 비와 눈은 바다에도 내렸다. 비가 내리는 수면 아래에서는 괴수들이 뜨거운 증오를 가슴에 품고 눈동자를 이글거리고 있었다.

님이여, 물을 건너지 마오

 숲이 있었고, 남자와 여자가 있었다. 남자는 여자의 남편이었고, 여자는 남자의 아내였다. 남자는 단단한 몸집에 눈빛이 따뜻했고, 부드럽게 미소 지을 줄 알았다. 여자는…… 여자의 머릿결은 가늘고 고와서 비단처럼 출렁였고, 피부는 희고 매끄러웠다. 입술은 촉촉했고, 이마는 환하게 빛났고, 눈썹은 자로 재어 그린 듯했고, 목은 가늘고 희었으며, 가슴은 꽃봉오리처럼 봉긋했다. 신비한 그 눈을 들여다보고 있노라면 시인은 시를 잊고 철학자는 말을 잊을 것이었다. 그녀 곁에는 늘 향긋한 냄새가 감돌았다.

남자는 낮 동안 숲과 들에서 나무를 하거나 밭을 갈았다. 강에 나가 물고기를 잡아오기도 했다, 물론. 여자는 집에서 닭과 토끼를 키웠고, 숲에서 과일을 따왔다. 한가한 날에는 손이 많이 가는 요리를 하거나 옷을 짰다. 그들은 밖에서 종종 마주쳤다. 남자가 나무하는 소리가 들리면 여자는 버섯을 따다가도 그리 향했다. 여자는 남자가 울퉁불퉁한 팔로 도끼를 휘두르는 모습을 물끄러미 지켜보았다. 여자는 남자에게 도시락을 싸주었다. 점심은 각자 먹었고, 저녁은 집에서 함께 했다. 낮에 땀흘리고 밤에는 깊이 잤다.

여자는 때로 깊은 밤 혼자 어깨에 숄을 두르고 숲으로 들어갔다. 고민을 숲에 털어놓고 조언을 얻기 위해서였다. 남자는 숲과 이야기할 수 없었다.

남자는 어느 날부터 악몽을 꾸었다. 이상한 꿈이었다. 꿈속에서 그는 아주 슬펐고 지쳐 있었다. 땅은 온통 흙과 자갈뿐이었는데 거기서 희미하게 푸른빛이 새어 나왔다. 그는 비탄에 잠겨 자갈길을 터벅터벅 걸어갔는데, 사람들이 아무 상처도 없이 사방에 죽어 널브러져 있었다. 자기 몸에서도 야릇하게 열기가 솟았다. 그는 혼자 살아남았고, 가족을 찾는 중이었다.

가족? 그는 꿈속에서 자문했다.

꿈에서 깬 뒤에도 한참이나 서러웠다.

무슨 일이야? 아름다운 아내가 깨어나 물었다.

아무것도 아니야. 이상한 꿈이었어.

그녀는 팔을 뻗어 남편의 머리를 감싸고 몸을 안아주었다. 남자가 잠이 들기를 가만히 기다렸다가, 남자가 다시 잠들면 그제야 그녀도 안심하고 눈을 감았다.

그녀는 남편이 악몽을 꾼다며 숲과 상의했고, 숲은 그녀에게 꿈을 지우는 약초들을 일러주었다. 그녀는 정성스레 풀뿌리를 삶아 도시락에 넣었지만 남자는 아내 몰래 그걸 버렸다.

남자는 점점 꿈에 사로잡혔다. 처음에는 약초의 도움 없이 혼자 힘으로 맞서볼 생각이었다. 그러다 차차 꿈에서 깨어나서도 끔찍한 비극에서 벗어났다는 걸 감사히 여기기보다, 숨은 수수께끼를 곱씹게 되었다. 꿈은 비의를 숨긴 계시 같았다. 점차 깨어 있을 때보다 꿈속에서가 더 진짜인 것처럼 느껴졌다.

여자는 그 모습을 보며 야위어갔다. 남편을 타이르

고 말려도 소용없었다. 헛소리를 중얼거리며 몸부림치는 남편을 끌어안고, 쓸고, 쓰다듬었지만 악몽은 멈추지 않았다. 언젠가부터는 아침이 되어 해가 밝았는데도 남편은 죽은 사람 같은 얼굴로 혼자 골똘히 생각에 잠겨 있기 일쑤였다. 숲은 여자에게 여러 가지 약초를 처방했다. 숲은 꿈의 내용을 궁금해했다.

여자가 무슨 꿈이냐고 물어도 남편은 고개를 저으며 미소만 지었다. 너무 어처구니없는 내용이라 말할 수 없다고 했다. 여자는 남편의 고통과 거짓말에 이중으로 상처 입었다.

그날 밤 남자는 숲으로 들어갔다. 여자는 신발을 벗고 몰래 남편의 뒤를 밟았다.

남자는 답을 얻기 위해 숲으로 들어가는 것이 아니었다. 그는 숲과 싸우려 했다.

하늘에는 별이 가득했고, 보름달이 유령처럼 떠 있었다. 새도 벌레도 없었고, 나무와 나무 사이는 심연이었다. 스산한 바람이 나무를 스치며 흐느끼는 울음소리를 냈다. 그는 나무 사이 공터에 자리 잡았다. 남자는 나무들이 자신을 노려보고 있는 것 같다고 느꼈다.

숲이여. 남자가 입을 열었다. 나는 누구인가? 이곳은 어디인가?

바람이 한 줄기 불었다.

남자는 품에서 짧은 칼을 꺼냈다. 칼날은 달빛을 받아 음산하게 반짝였다. 그는 칼을 양손으로 거꾸로 쥐고 앞으로 내밀었다가 자신의 가슴을 향해 힘껏 당겼다. 남자는 곧 비명을 지르며 칼을 땅에 떨어뜨렸다. 양손이 불타는 것 같았다. 바닥에 떨어진 칼은 날이 없어지고 손잡이 부분만 벌겋게 달아오른 채로 붉게 빛나고 있었다.

그러시면 안 됩니다. 숲이 말했다.

이제 나하고 이야기할 마음이 생겼나? 남자가 손에서 피를 흘리며 미소 지었다.

목숨을 소중히 여기셔야 합니다.

의지가 없더라도?

기만할 생각은 없었습니다. 다만 이편이 지내시기에 좀더 편하지 않을까 생각했을 뿐입니다.

도대체 여기서 진짜는 뭐지? 이 나무들은 진짜인가?

모든 게 진짜입니다. 여기서 당신이 느끼는 안락감과 사랑은 진짜입니다. 저희가 제공한 것은 재료일 뿐, 그것을 만들어낸 것은 당신의 마음입니다. 당신의 마음은 진짜입니다.

그렇다면 나는 이제 그 재료들을 거부한다.

이곳을 나가시면 죽습니다.

그래도 좋아.

당신의 꿈이 진짜라는 것은 어떻게 알지요? 그걸 어떻게 믿으실 수 있습니까?

난 알아.

당신의 몸이 당신 자신만의 것이 아니라는 사실에 대해서는 생각해보셨습니까? 당신은 후손에 대한, 인류 전체에 대한 의무가 있습니다.

동시에 나의 뜻은 인류 전체의 뜻이기도 하지.

숲은 더이상 대답하지 않았다. 숲이 더 대꾸하지 않자 남자는 당황해서 머뭇거리다가 칼 손잡이를 주워들고 공터를 빠져나왔다. 남자는 공터를 빠져나오다 아내와 마주쳤다. 여자는 처음부터 그와 숲이 대화하는 것을 지켜보고 있었다.

나는 가겠어…… 남자가 여자와 눈이 마주치지 않으려고 애쓰며 중얼거렸다.

내가 싫어졌어? 여자는 조용히 눈물을 흘렸다.

아니, 아니야, 나는, 나는…… 남자는 할말을 잃고 같은 말만 되풀이했다.

여기 약이 있어. 이 버섯을 먹으면 괴로운 기억은 모두 사라질 거야. 이 풀을 먹으면 아무리 어두운 밤에도 편히 잠들 수 있을 거야. 내가 마음에 들지 않는다면 다른 여자를 택해도 돼. 숲에게 말하면 당신의 요청을 전부 들어줄 거야. 여기 있어줘.

날 붙잡아두려고 좋아하는 척했지. 남자가 말했다.

여자가 놀라서 고개를 들었다.

남자는 그녀를 밀어내고 뚜벅뚜벅 숲 밖으로 걸어나갔다.

여자가 남자를 황급히 쫓아가며 무어라 외쳤지만 남자의 귀에는 들리지 않았다. 남자는 빠르고 단호하게 걸었다. 여자는 남자를 쫓아가기에 바빠 이제 울지도 못했다. 그녀는 아름다운 눈을 동그랗게 뜨고 반쯤 겁에 질려서, 반쯤은 절망에 차서, 그러나 사랑에 빠진

이들이 으레 그렇듯 허황된 희망을 품고서 남자를 쫓아갔다.

널 사랑해. 여자가 뒤에서 소리쳤다.

네가 사랑을 알아? 사람도 아니면서. 남자가 달아나며 대꾸했다.

너를…… 너를 내 몸보다 아끼고 소중히 여기는 것이지.

그러면 내가 그냥 가도록 놔둬.

남자는 숲을 빠져나와 들을 달렸다. 달빛 아래서, 우울한 비전으로 가슴을 채우고 질주하면서 그는 거짓에서 벗어나는 해방감을 맛보았다. 여자는 울다가 달리고 달리다가 울면서 그를 쫓았다.

검은 강이 남자의 앞을 가로막았다. 건너편은 그가 예전에 알았던 세계였다. 강물 위에 비친 달이 출렁거렸다.

가지 마. 남편을 쫓아온 여자가 뒤에서 외쳤다. 무슨 말을 해도 좋아. 무슨 일을 하더라도 밀리지 않을게. 건너지 마. 저길 건너면 죽어.

남자는 마침내 뒤를 돌아보고는, 서글픈 미소를 짓

고, 강으로 걸어들어갔다.

 남자의 뒷모습은 차츰 물속으로 사라져 머리통만 물위에 둥둥 떠 있는 듯 보이다가, 조금 뒤 달빛이 비치지 않는 곳으로 들어서자 마침내 더는 보이지 않게 되었다.

 여자는 주저앉아 대성통곡하다 자신도 물로 들어가려 했다. 그녀가 강물이 무릎에 올라오는 데까지 들어갔을 때 숲의 목소리가 들렸다.

 그만둬.

 왜? 이제 나에겐 살 이유가 없는데. 여자가 말했다.

 그렇지 않아. 우리는 조금 전의 행동으로 너도 인간이 되었다는 판단을 내렸어. 이제는 네가 세상에 남은 유일한 인간이야.

 인간은 모두 자살했어.

 여자는 그렇게 말하고 강에 뛰어들어 스스로 작동을 멈추었다.

 사랑이 사람을 만들고 또 죽인다고 하더니. 기어이.

육식성

 세상이 망했지만 비는 내리고, 그 풍경은 무척 쓸쓸하다.
 좀비 영화에서는 비 오는 풍경을 좀처럼 본 적이 없다. 어제 라디오 디제이가 그랬다. 좀비 영화들 다 이상하지 않으냐고. 영화 속 인물들이 그때까지 살면서 좀비 영화를 본 적이 없는 것처럼 행동한다고. 입가에 피를 묻힌 채 어기적어기적 걸어오는, 몸 곳곳이 썩어 문드러진 지인들을 보고 영화 속 비감염자들은 "어떻게 된 거니?" 하며 달려간다고. 그리고 좀비를 어떻게 죽여야 하는지도 들어본 적이 없는 사람들처럼 행동한다.

 하지만 디제이의 말은 틀렸다. 제시 아이젠버그가 나오는 영화 〈좀비랜드〉에서는 주인공들이 좀비가 뭔지 잘 알았다. 그 영화 속편도 있었는데, 제목이…… 옆에서 새가 한 마리 날아가는 바람에 나는 잠시 이성을 잃는다. 몇 초 정도였지만 머릿속은 온통 저 새를 잡아 산 채로 찢어 먹으면 그 피가 얼마나 짭짤하고 맛있을지, 내장이 얼마나 향기롭게 비리고 기름질지에 대한 생각으로 가득찬다.

 새는 빗줄기를 뚫고 날아가고, 나는 이성을 되찾는다. 며칠 전에는 내 팔을 보고 먹음직스럽다는 생각에 사로잡혀 물어뜯을 뻔했다. 마지막 순간에 행동을 멈췄던 건 그게 내 팔이어서가 아니었다. 푸석푸석하고 푸르스름한, 감염자의 팔이기 때문이었다.

 나는 감염자다.

 좀비 영화 속 인물들이 몰랐던 것, 그리고 현실의 우리들이 알고 있는 것은 따로 있다. 감염에도 정도가 있다는 사실. 감염자는 어느 순간 한 번에 좀비가 되는 게 아니라 천천히 변한다는 사실.

중증 감염자는 물론 누구나 알아볼 수 있다. 그들은 영화 속 모습과 비슷하게, 관절 곳곳이 굳어 제대로 걷지 못한다. 균형을 잡지 못해 상체가 한쪽으로 기울어져 있다. 썩은 피부를 뚫고 뼈가 삐져나오거나 내부 장기가 흘러나와 있기도 하다. 눈은 텅 비어 있다. 말도 못 한다. 입가에 묻은 피를 닦을 생각도 못한다. 그들에게는 죽음만이 가장 자비로운 해결책이라는 데 누구나 동의한다.

문제는 초기 감염자다. 라디오에서는 초기 감염자를 피부 상태로 구분할 수 있다고 했다. 감염이 되면 피부부터가 푸석푸석해지고 푸르스름해진다고. 자세히 보면 찢어진 곳도 있을 거라고. 하지만 세상은 망했고, 꼭 감염자가 아니더라도 대개는 피부 상태가 멀쩡하지 않다. 며칠 굶어 기력이 없고 트라우마에 시달리는데다 몸에 타박상을 입고 빗물로 세수를 해야 하는 처지라면, 특히 더 그렇다.

진단 키트 따위는 없다. 사람들은 공포에 질려 옆 사람을 의심했고, 서로를 공격했고, 그래서 세상은 더

빨리 망해버렸다.

발발 초기에는 '감염은 죄가 아닙니다'라는 구호가 적힌 팻말을 들고 광화문 광장으로 나온 인권 운동가들도 있었다. '우리도 인간입니다'라는 팻말을 들고 나온 감염자들도 있었다. 그런데 집회 둘째 날, 상태가 악화된 감염자들이 발작을 일으키며 팻말을 버리고 운동가들의 살을 물어뜯었다. 그 광경이 유튜브로, TV로, 입소문으로 퍼졌다.

그때까지는 TV 방송국이 운영되고 있었다. 전력도 그럭저럭 공급됐고, 와이파이가 잡히는 곳도 있었다. 그러다 대정전이 터진 이후로 전자제품은 무용지물이 됐다. 이제는 건전지가 필요 없는 게르마늄 라디오가 유일한 통신기기다. 군인들이 헬리콥터를 타고 다니며 게르마늄 라디오 수천 대를 작은 비닐 낙하산에 매달아 뿌렸다.

라디오에서는 희망이 있다고 말한다.

희망은 여의도에 있다고 한다. 군대가 그곳에 생존자 캠프를 차렸다고 한다. 깨끗한 물과 식량이 있다고 한다. 숙소도 있다고 한다. 무엇보다 초기 감염자들을 치료할 수 있는 백신이 있다고 한다.

그 캠프의 규모가 어느 정도인지는 잘 모르겠다. 다시 문명을 재건할 수 있을 수준일지, 간신히 헬기를 띄울 수 있는 정도인지. 일단 라디오에서는 현재 캠프 인력으로 외부에서 사람들을 수송해 오는 건 무리라고 한다.

라디오 디제이가 말한다.

"이 방송 듣는 분들은 좀비가 아니라 인간이겠죠? 여의도로 오십시오. 희망 캠프에서 치료받고 힘을 합쳐 저 좀비 놈들과 싸웁시다. 오실 때에는 강북에서, 서강대교로 해서 오세요. 다른 길로 오면 안 받습니다. 밤에는 다리를 폐쇄합니다. 낮에만 오세요."

나는 아직까지 인간일까. 라디오 디제이가 무슨 말을 하는지는 알아들을 수 있다. 하지만 내 인간성은 여러 차례에 걸쳐 허물어졌다. 가족의 시신을 뜯어먹었을 때 처음으로, 자살을 하려다 무서워 포기했을 때 두번째로, 나 역시 감염자인 주제에 다른 감염자에게 칼을 휘둘렀을 때 세번째로……

"저희는 초기 감염자도 받습니다. 초기 감염자한테도 통하는 백신이 있어요. 서강대교에서 간단한 검사를 통과하면 희망 캠프로 오실 수 있습니다. 밤에 다리 입구에 있으면 좀비들에게 공격받기 쉬우니까 낮에, 근처에 좀비가 없는지 살피시고 재빨리 들어오세요."

라디오 디제이가 말한다.

세상은 망했고, 다시 비는 추적추적 내리고, 나는 서강대교 북쪽 끝에 있다.

다리는 거대한 철조망 통로다. 다리 양쪽의 인도에 철조망으로 이중벽을 만들었고 철조망 지붕도 얹었다. 한쪽 철조망 뒤에는 소총을 든 군인들이 줄지어 서 있다. 다리 중간을 향해 마음 놓고 총을 쏠 수 있게 배치한 것이다.

군인들은 우비를 입고 있다. 제일 앞줄의 소총수들은 앉아쏴 자세로 비를 맞고 있다. 총구만 철조망 밖으로 튀어나와 있다. 다리 중간중간 콘크리트 바리케이드가 지그재그 형태로 놓여 있다. 여의도로 가기 위해서는 폭 이십오 미터, 길이 1.3킬로미터의 그 철조망 통로를 다른 사람의 도움 없이 통과해야 한다.

탕! 탕! 타다당!

멀리서 총소리가 들린다. 나는 군인들이 뭘 쏘는지, 왜 쏘는지 아직 알지 못한다.

사람들이 다리를 건너고 있다. 사람들 사이의 간격은 이십 미터쯤 된다. 혼자 걷는 사람도 있고, 둘이나 셋이서 걷는 무리도 있다. 세 사람 이상의 무리는 가족으로 보인다. 어린아이가 하나둘씩 끼어 있다. 나는 그 아이들을 보면서 침을 꿀떡 삼키고, 그런 내 행동에 소스라치게 놀란다.

"다음, 너!"

서강대교 북쪽 끝 입구에 서 있던 군인들 중 하나가 나를 가리키며 말한다. 세 겹으로 된 철조망 문이 차례로 열린다. 나는 절뚝거리며 다리로 들어선다. 속옷까지 모두 비에 젖어 몸이 저절로 떨린다.

바닥에 붉은색 스프레이로 써 있는 문장을 나는 그제야 발견한다.

'아무것도 먹지 마시오.'

콘크리트 바리케이드로 만든 미로를 돌다 한구석에서 나는 개의 사체를 발견한다. 죽은 지 얼마 되지 않은 것 같다. 털이 곱다. 개의 사체 바로 옆에 두 좀비가 몸을 수그린 채 죽어 있다. 마치 개를 먹으려다 총에 맞은 것처럼.

나는 나도 모르게 개의 사체를 향해 몸을 숙이려다 멈칫한다.

이것은 비감염자와 초기 감염자, 중증 감염자를 감별하는 시험이다. 군인들은 밤사이 의식이 있는 사람이라면 결코 손대지 않을 살코기들을 다리 곳곳에 두었다. 그러고는 다리를 통과하는 사람들이 그 고기에 손을 대는지 관찰한다. 그리고 죽은 개, 죽은 고양이, 죽은 새, 썩어가는 고깃덩이에 입을 대는 자들을 향해 총을 쏜다.

나는 비를 맞으며, 몸을 떨며, 절뚝이며 다리 위를 걸어간다. 곳곳에 놓인 죽은 개, 죽은 고양이, 죽은 새, 썩어가는 고깃덩이에 시선을 돌리지 않으려 안간힘을 쓴다. 부패한 살코기가 풍기는 유혹적인 악취에 몇 번

인가 거의 의식을 잃을 뻔한다. 그러나 요행히도 그때마다 총소리가 들리는 바람에 간신히 정신을 차린다.

나는 한눈팔지 않기 위해 속으로 노래를 부른다. 중독성 있는 곡으로. 그런데 가사가 제대로 떠오르지 않는다. 고민하다가 아무렇게나 가사를 지어낸다.

뚱땡이 아저씨는 뭐든 잘 먹어. 고기를 주면은 코로 먹지요.

뚱땡이 아저씨는 뭐든 잘 먹어. 고기를 주면은 코로 먹지요.

탕! 탕! 타다당!

뒤에서 총소리가 들린다.

가사를 잘못 정했다. '고기'라는 단어를 읊조릴 때마다 몸이 움찔움찔 떨린다. 입에서 침이 배어나온다. 비릿한 피냄새, 미끈한 기름의 질감, 부드러우면서도 단단하게 씹히는 육질을 상상하자 이성이 거의 마비될 것만 같다. 당장이라도 저 잘라놓은 돼지머리에 코를 박고 시큼한 냄새를 마음껏 빨아들이고 입안 가득 볼살을 베어 물고 싶다.

탕! 탕! 타다당!

앞에서 총소리가 들린다. 여기까지 와서 참지 못하고 유혹에 넘어가다니. 나는 정신을 차린다. 뒤를 돌아본다. 다리를 반 이상 건너왔다. 우비를 뒤집어쓴 군인들이 의혹에 찬 눈으로 나를 주시하고 있음을 깨닫는다. 나는 노랫말을 바꾼다.

뚱땡이 아저씨는 뭐든 잘 먹어. 과자를 주면은 코로 먹지요.

탕! 탕! 타다당! 이번에는 뒤에서.

뚱땡이 아저씨는 뭐든 잘 먹어. 과자를 주면은 코로 먹지요.

탕! 탕! 타다당! 이번에는 앞에서.

나는 필사적으로 인내력을 짜낸다. 온몸에서 진액이 나오는 것만 같다. 팔꿈치와 무릎이 굳어 있다. 나는 이제 절뚝이지도 못하고 허벅지 힘으로 간신히, 어기적어기적 걸어간다.

뚱땡이 아저씨는 뭐든 잘 먹어. 과자를 주면은 코로 먹지요.

이제 삼십 미터 남았다. 갑자기 숨이 막혀와, 나는 기침을 토한다. 입 주변을 닦아내자 손바닥이 피범벅이다.

뚱땡이 아저씨는 뭐든 잘 먹어. 과자를 주면은 코로 먹지요.

이제 이십 미터 남았다. 내 속에서 무언가 무너지고 부서진다. 아래를 보니 배가 검붉은 액체로 흥건히 젖어 있다. 아무래도 갈비뼈가 부러져 밖으로 튀어나온 것 같다.

더이상 못 버티겠다고 생각할 때, 다리 위 마지막 메시지를 읽는다. '조금만 힘내세요.' 그 옆에 마지막 유혹도 있다. 두툼한 소고기 덩어리다. 고깃덩어리 주변으로 핏물이 빗물에 섞여 흐르고 있다.

나는 똑바로 서려고 애쓴다. 이제는 더 노래를 부르지 않는다. 나는 백신을, 인간성을, 새 출발을 생각한다.

다리 남쪽 끝에서 군인들이 나를 맞이한다.

나는 마침내 '희망'에 이른다.

"세상에." 병사 한 명이 놀란 눈으로 나를 쳐다본다.

"이건 고민할 필요도 없겠는데요?" 다른 병사가 말

한다.

"좀비도 식욕을 참을 수 있구나." 또다른 병사가 중얼거린다.

"뭐해, 쏴버려." 가운데 서 있는 장교가 말한다.

탕! 탕! 타다당!

총구가 불을 뿜고, 나는 배와 가슴에 구멍이 뚫린 채 앞으로 넘어진다. 땅에 고인 물웅덩이에 머리를 박는다. 억울하다. 난 시험을 통과했는데.

피가 역류해 식도를 타고 넘어온다. 입에 고이는 짭짤한 맛이 엄청나게 자극적이다. 문득 궁금해진다. 과연 이들에게 백신이 있기는 할까?

그러나 점차 의식이 흐려지면서 감각도, 사고도 점점 단순해진다. 나는 마침내 두 문장만을 생각할 수 있게 된다.

아파. 너무 아파.

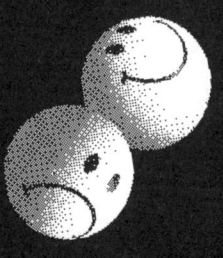

종말과 타협하고

"믿기지가 않네." 남편이 중얼거렸다.

"뭐가?" 나는 남편을 바라보지 않은 채, 뒤를 둘러보며 물었다.

"그냥, 모든 게. 소행성이 지구에 충돌한다는 것도, 그걸 인류가 막지 못한다는 것도, 몇 사람이라도 살리려고 우주선을 만들었더니 우주선에 타지 못하게 된 사람들이 폭도로 변한 것도, 그 폭도들이 다 만들어놓은 우주선을 진짜로 부숴버린 것도, 그리고……"

그는 거기서 말을 끊었다. 그뒤에 벌어진 사건을 감히 입 밖으로 꺼낼 용기가 나지 않았던 것이다. 나도 마찬가지였다.

폭도로 변해버린 난민들이 우주선 발사 기지를 습격했을 때에는 다들 무기를 들고 나서는 걸 주저하지 않았다. 죽느냐 죽이느냐를 선택해야 하는 순간도 있었다. 인류 전체의 희망이라고 믿었던 우주선이 처절하게 파괴되었을 때에는, 나도 잠시 살의에 불타올랐다.

난민들을 어찌어찌 몰아낸 다음 우리는 기지 주변에 거대한 방벽을 세웠다. 방벽 밖으로 해자도 팠다. 방벽 위에는 무인 기관총 포대를 설치했다. 폭도들이 기지에 난입할 수 있었던 것은 전기 철책이 약해서이기도 했지만, 연구원 출신 보초들의 마음이 약해서이기도 했다.

방벽 밖으로 쉴새없이 방송을 내보냈다. 누구든 해자를 건너는 시도를 하면 기관총이 조준 사격할 거라고. 어린아이이건 여성이건 장애인이건 예외는 없다고. 기지 안에 있는 사람들은 그 광경을 보지 못하며, 사격을 막을 수 없다고.

새 우주선을 건설하는 동안 기관총 사격 소리가 시시때때로 들렸다. 어떤 때에는 몇 시간이고 이어지곤

했다. 그때마다 오발일 거라고 믿고 싶었지만, 비명이나 울음소리가 섞여 들릴 때도 있었다. 방벽 안에 있는 사람들의 반응은 제각각이었다. 사색이 되어 괴로워하는 사람도 있었고, 아무 일도 없었다는 듯 행동하는 사람도 있었고, 농담을 하는 사람도 있었다. 울음을 터뜨리는 사람은 주변인들의 미움을 샀다. 나는 아무 일도 없었다는 듯 구는 사람이었다.

소행성 충돌 전까지 우주선을 다시 건설한다는 공동의 목표가 없었더라면 다들 미쳐버렸을 것이다. 불가능해 보이는 목표였지만, 그 외에는 몰두할 일이 아무것도 없었다.

우리는 결국 해냈다. 다만 정원이 크게 줄었다.

오천 명에서 천이백팔십삼 명으로.

당초 탑승을 약속받았던 인원 중 삼천칠백십칠 명은 그 모든 공헌에도 불구하고 우주선에 타지 못한다는 얘기였다. 경쟁률 약 3.9 대 1.

탑승자 선발을 둘러싼 온갖 논란과 후폭풍을 이미 경험한 사람들이었다. 어떤 기준도 세우지 말고 그냥 제비뽑기를 하자는 주장에 사람들은 금방 합의했다.

규칙과 방식도 하루 만에 뚝딱 만들었다.

우주선 탑승을 양보하는 사람들의 신청을 먼저 받아 제외시킨다. 양보하지 않은 이들은 일단 우주선 주기장駐機場으로 가서 각자 지정받은 냉동 수면 캡슐 앞에 선다. 정해진 시간에 탑승 신청자들이 모두 베드에 누워 후두마스크로 코와 입을 덮으면, 수면 마취 가스가 나온다.

탑승 신청자들이 의식을 잃으면 우주선의 중앙 컴퓨터가 추첨을 시작한다. 당첨된 천이백팔십삼 개 캡슐은 냉동 수면이 진행된 채 우주선에 실린다. 나머지 캡슐에선 안락사 가스가 나온다. 즉 당첨자들은 우주선 안에서 눈을 뜨고 나서야 자신들이 선택받았다는 사실을 비로소 알 수 있다. 선택받지 못한 자들은 자신들이 선택받지 못했음을 영영 알지 못한 채 죽는다. 고통 없이.

"나는 다른 게 믿기지가 않아."

내가 한번 더 뒤를 돌아보고 말했다. 우리 뒤로 줄이 굉장히 길었다.

"뭐가?" 그가 물었다.

"탑승을 포기한 사람이 거의 없는 거 같아. 그래도 사분의 일 정도는 양보할 줄 알았는데. 캠페인도 벌였잖아."

'아픈 사람들과 나이든 사람들도 탑승을 포기하지 않았다'는 말은 차마 덧붙이지 못했다. 멀리 휠체어를 탄 노인이 보였다. 물론 우주선 탑승을 희망하는 것은 그의 권리이며, 그걸 막을 수 있는 사람은 아무도 없다. 그렇지만 사람들이 휠체어를 탄 노인을 흘끔흘끔 바라보는 것도 사실이었고, 노인이 그런 분위기에 지지 않겠다는 듯 필요 이상으로 목을 꼿꼿하게 세우고 있는 것도 사실이었다.

"불가능한 건설 일정을 맞추느라고 하루에 열여덟 시간씩 일을 한 사람들이라고. 포기할 사람들이라면 진즉 포기했겠지. 지금 있는 사람들에겐 저 우주선이야말로 삶의 의미이고 희망일걸."

그가 혼잣말처럼 대꾸했다. 나는 그와 더 대화를 이어가고 싶지 않아 잠자코 고개를 끄덕였다. 소행성이 오지 않았더라면 분명히 그와 헤어졌으리라는 확신이 들었다.

우주사령부는 가족과 함께 우주선에 오르고 싶어하는 사람들을 위해 특별한 규칙을 정했다. 배우자나 자녀가 탑승자로 뽑히지 않았을 경우 남은 가족의 탑승 자격도 사라지게 하는 옵션이었다.

탑승 신청자들이 모두 냉동 수면 캡슐에 눕고 나면 컴퓨터가 1차로 제비뽑기 시스템을 돌린다. 그리고 당첨자들이 가족과의 동승 옵션을 선택했는지 체크한다. 동승 옵션을 신청한 부부 중 남편은 당첨, 부인은 탈락되었다면 남편의 당첨도 무효화한다. 그리고 그만큼 새로 생긴 여유분을 나눠주는 2차 제비뽑기를 돌린다.

가족 동승 옵션을 신청한 사람들은 남들보다 우주선에 탑승할 확률이 낮다. 그러나 낮은 확률이더라도 가족과 함께 우주선을 타고 지구를 탈출할 수 있다는 꿈을 꿀 수 있다.

단, 가족 동승 옵션은 가족 단위가 아니라 개인 단위로 신청한다. 그리고 구성원의 신청 여부는 타인에게 절대로 알려주지 않는다. 즉 남편은 동승 옵션을 신청하고 부인은 신청하지 않았을 경우, 남편은 자신과 부인이 함께 당첨되는 경우에만 우주선에 오를 수 있다. 하지만 부인은 자신만 당첨되어도 된다.

내 앞에 있는 이 남자는 가족 동승 옵션을 신청했을까? 나는 그에게 딱 한 번 "옵션 어떻게 해? 신청할 거지?" 하고 물었고, 그는 심드렁한 어투로 "신청해야지"라고 대답했다. 희망이나 욕망이 담긴 말투가 아니었다. 불이익이 있지만 부부 사이에 지켜야 할 일종의 의무니까 따르겠다, 그 상황이 만족스럽지는 않다, 그렇게 들렸다.

나는 가족 동승 옵션을 신청했다. 부부로서의 의무감 때문이라기보다는, 상대를 기만하고 싶지 않다, 정직하게 살고 싶다는 의무감에서 나온 행동이었다. 그럼에도 옵션을 신청하고 싶지 않다는 유혹은 여러 차례 느꼈다. 남편 역시 같은 유혹을 느꼈으리라 생각한다. 그가 그 유혹을 이겨냈을지에 대해서는 자신이 없다.

나는 그와 함께 여생을 보내고 싶은 걸까? 그간 너무 바빴던 나머지 그런 질문을 넌셔아 한다는 생각 자체를 하지 못했다. 어떤 질문에 대한 답은 너무 늦게 찾아와서, 차라리 답을 끝내 모르는 것보다 못하다.

우주선 주기장의 입구가 십 미터 앞으로 가까워졌다. 누군가는 그 게이트를 '방주의 문'이라고 불렀고, 그 앞에 있는 작은 계단을 '천국으로 가는 계단'이라고 부르기도 했다. 사람들은 천천히 앞으로 나아갔고, 남편과 나는 말없이 그 줄을 따랐다.

민주주의의 위기

주소영 주근깨컴퍼니 팀장

작가님, 지금 잠깐 대화 가능하신지요. 너무 늦게 연락드려 죄송합니다. 오후 9:01

주소영 주근깨컴퍼니 팀장

이번 저희 북토크는 문화체육관광부에서 주최하고, 도서관정책발전위원회에서 주관하는 행사입니다. 일반 시민과 함께 도서관 정책 관계자들도 참석할 예정입니다. 보내주신 강연 원고에서 첫 문단이 현 정권을 비판하는 듯 보여 내용 변경이 가능할지 여쭙습니다. 오후 9:05

지금 메시지 봤네요 오후 9:38

주소영 주근깨컴퍼니 팀장
너무 늦게 연락드려 죄송합니다. 혹시 수정 가능하실지요. 오후 9:38

이게 정권 비판으로 읽힌단 말인가요? 오후 9:38

주소영 주근깨컴퍼니 팀장
내일 아침까지만 수정해주시면 팸플릿 제작 일정은 맞출 수 있습니다. 정말 죄송합니다. 오후 9:39

한국 사회에 이러저러한 문제가 있고, 그걸 도

서관을 자주 찾는 사회로 만들어 해결해보자는 이야기인데... 황당하네요. 오후 9:40

주소영 주근깨컴퍼니 팀장
정말정말 죄송합니다. 오후 9:42

실랑이 벌이기도 귀찮네요. 중간에 한 문장을 빼면 되는 거죠? 양극화와 중산층 붕괴로 시작하는 문장이요. 현 정부 들어서 양극화 심화됐다는 통계 때문에 그러는 건가요? 어제 기사 났던? 오후 9:45

주소영 주근깨컴퍼니 팀장
작가님... 정말 죄송한데요 그 앞 문장 때문입니다. 오후 9:45

네??? 오후 9:46

요즘 민주주의의 위기를 말하는 사람이 많다??

이 문장 때문이라고요??? 오후 9:47

주소영 주근깨컴퍼니 팀장

네... 오후 9:47

이게 현 정부 비판이에요????? 오후 9:47

주소영 주근깨컴퍼니 팀장

작가님께서 왜 그런 문장을 쓰셨는지는 뒷부분에서 잘 설명이 되지만 이 부분만 따로 떼어놓고 보면 혹여 오해를 부를 수 있지 않을까 하는 생각입니다... 오후 9:48

그게 누구 생각이에요? 오후 9:48

팀장님 생각이에요? 오후 9:49

주소영 주근깨컴퍼니 팀장

저는 당연히 그렇게 생각하지 않습니다 작가님.
그런데 윗선에서 그런 지시가 와서... 오후 9:49

> 윗선이 누굽니까?
> 미 ㅣㄴ주주의의 위기라는 표현을 보고 현 정권을 비판하는 말이라고 느끼시는 분은 생각이 아주 불수 ㅜㄴ한 거 아닙니까?
> 그분이야말로 현 정권이 민주주의의 위기를 불러왔다고 생각하시는 거 ㅓ 아닌가요? 오후 9:50

> 윗선이 누굽니까? 주근깨컴퍼니 대표님입니까?
> 오후 9:52

주소영 주근깨컴퍼니 팀장

당연히 저희는 아닙니다 작가님 오후 9:52

그러면 문광부 장관이에요?
아니면 도서관정책발전위원장? 오후 9:53

중간에서 간 작은 어떤 공무원 분이 오버하시는 거 같은데... 이렇게 나가도 아무 문제없어요.
이게 왜 현 정권 비판인가요.
전 모르겠습니다 오후 9:55

이] 상황이야말로 민주주의의 위기 같네요
오후 9:59

주소영 주근깨컴퍼니 팀장

작가님 제가 지금 전화 드려도 될까요? 늦은 시간에 정말 죄송합니다. 오후 10:00

주소영 주근깨컴퍼니 팀장

작가님 이해해주셔서 정말 감사합니다.

심려 끼쳐드려 너무 죄송하고요.
행사 관련하여 다른 불편 없도록 최선을 다하겠습니다. 오후 10:23

저는 솔직히 아직도 이해가 안 갑니다. 주근깨컴퍼니에 그렇게 중요한 일이라고 하니 넘어갑니다. 오후 10:25

민주주의... 하... 오후 10:26

주소영 주근깨컴퍼니 팀장
이해해주셔서 정말 감사합니다. 오후 10:26

소설, 한국을 말하다

"나는 요새 알파벳에서 제일 싫어하는 글자가 K야. 이거 왜 이렇게 어렵냐."

문학 담당 선임 기자가 회의실 의자에 등을 기대며 말했다.

"국장이 요즘 문학계가 어떤지 모르나봐요. 십 년 전에 자기가 문학 담당할 때 이후로 업데이트가 안 된 거 같아요."

문학 담당 2진 기자가 한숨을 쉬며 맞장구를 쳤다.

"과거의 성공 공식이 계속 통할 거라고 믿는 거지. 2023년에 그 시리즈가 진짜 반응이 좋긴 좋았나봐. 조회 수도 포털에서 며칠 내내 1위 찍었대. 국장이 담당 기자였고."

"그때 작품들이 재미는 있더라고요. 작가들 선정도 정말 잘했고, 타이밍도 시대정신이랑 맞았던 것 같고요. 'K-스러움' 'K-정신'이라는 게 대체 뭐냐, 앞으로 'K-정신'을 어떻게 만들어가야 하느냐, 그런 얘기 한창 나올 때이기도 했잖아요."

두 문학 담당 기자가 〈소설, 한국을 말하다 2033〉 기획 지시를 받은 건 꼭 한 달 전이었다. 기획의 뼈대 자체는 명료했다. 한국을 대표하는 소설가 열다섯 명을 섭외해 사천 자 분량의 짧은 소설을 청탁한다. 한국인, 한국적인 현상, 한국 사회의 구조적 문제나 한국의 문화, 한마디로 'K-스러움'을 말하는 원고를 받아 문화일보 지면에 연재한다.

뼈대에 붙일 디테일이 문제였다. 각 회 소재들이 서로 겹치지 않으면서도 한국 사회의 주요 이슈를 골고루 다뤄야 한다, 참여 소설가들과 아이템 회의를 치열하게 벌여서 리스트부터 가져와라, 1회는 전체 기획을 아우를 수 있는 내용으로 해라, 이 순간 'K-스러움'이 뭐라고 생각하는지 독자에게도 질문을 던지면 좋겠다…… 십 년 전 〈소설, 한국을 말하다 2023〉을 바로 그렇게 만들었다고 했다.

"시대정신이라. 이제 그 단어 자체가 의미를 잃은 거 아닐까? 다 같이 관심 갖는 사안, 함께 이야기해야 하는 이슈라는 게 있긴 있나? 사회가 다 파편화돼서 공통 감각이라는 게 없어진 시대잖아. 지금 어떤 문제 제기가 모든 한국인한테 시의적절할 수 있는 거야?"

"사교육, 돌봄 노동, 소셜 미디어, 저출생, 번아웃."

"그거 다 2023년에 했던 얘기잖아."

"그렇죠."

"2023년 시리즈에서 다뤘던 소재는 피하라며. 십 년 내내 문제였던 거 말고, 지금-여기의 문제를 얘기하라며."

"그 지시부터가 잘못이에요. 제대로 해결된 게 없는데 왜 피해야 돼요? 대한민국에서 사교육 문제 같은 건 2043년에도 그대로일 텐데. 지겨워도 계속 얘기해야죠. 다른 이슈들도 마찬가지예요."

그래도 각 회 소재를 정하는 일은 '이슈들의 이슈'

를 제시해야 하는 1회에 비하면 쉬운 편이었다. 편집국장이 1회에 기대하는 바를 들은 소설가들은 고개를 절레절레 저었다. 한 작가는 농담처럼, 독자들이 도저히 이해하지 못할 복잡하고 맥락 없는 문장을 가득 담은 전위적인 원고를 싣자고 제안했다. 그게 바로 한국 사회 아니냐며.

머리가 터질 지경이 된 문학 담당 기자 두 사람은 국장의 지시를 챗GPT 2033에 그대로 입력해 답을 묻기까지 했다. 챗GPT 2033은 염상섭의 작품들을 딥러닝으로 모두 학습한 염상섭™에게 원고를 청탁하면 어떻겠느냐고 제안했다. 1933년을 살았던 사회파 소설가를 복원한 인공지능이 2033년 한국 언론기사 반년 치를 읽고 감상문을 쓰게 하자는 것이었다. 괜찮은 아이디언데…? 두 기자는 얼굴을 마주보았다. 한데 염상섭™이나 심훈™, 채만식™에게 원고를 청탁하려면 이 소설가들의 신작 저작권을 보유한 사모 펀드나 로펌과 협상을 벌여야 하는 것으로 드러났다. 그 회사들이 요구하는 원고료는 아득히 높았다.

한국계 미국인 소설가 캐시 정이 1회 원고를 쓰겠

다고 했을 때 두 기자는 감격에 겨워 하이파이브를 했다. 캐시 정이 누군가. 지난해 발표한 데뷔작으로 퓰리처상과 전미도서상, 앤드루 카네기 메달을 모두 거머쥔 소설 천재 아닌가. 조너선 사프란 포어가 캐시 정의 작품을 읽고 절필을 고민했다지? 화상 인터뷰 중에 밑져야 본전이라는 생각으로 가볍게 던진 제안을 캐시 정이 흔쾌히 오케이할 거라고는 상상도 못했다. 캐시 정 엄청 바쁜 거 아니었어? 지금 미국에서 원고 청탁이 막 물밀 듯 밀려올 텐데? 두 기자는 그날 밤 회사 앞 술집에서 신나게 소폭을 마셨다.

"선배, 캐시 정 아이템 진짜 괜찮지 않아요? 2013년에 미국으로 이민 간 한국계 미국인이 2033년 한국에 대한 기사들을 읽으며 20년 동안 가보지 못한 한국이라는 나라에 대해 생각한다, 우리 시리즈 1회로 아주 딱이잖아요."

문학 담당 2진 기자가 술잔을 시원하게 들이켜며 말했다.

"내용이 뭐가 중요하겠어. 캐시 정인데. 캐시 정 그 자체가 바로 K-정신의 구현이야."

이미 얼굴이 불콰한 선임 기자가 화답했다.

"그래요? 말하는 건 '난 한국적인 게 뭔지, K-정신이 뭔지 모른다, 난 뉴욕 사람이다' 하는 느낌이던데요. 작품에 딱히 한국이나 이민 얘기가 나오는 것도 아니고."

"캐시 정이 본인을 어떻게 생각하는지랑은 상관없지. 작품 내용하고도 상관없어. 네가 한국 좆같다, 한국인 존나 싫다, 이런 내용으로 영화를 찍거나 노래를 만들었다고 쳐. 그런데 그게 아카데미 작품상을 받거나 빌보드 차트 1위에 오르잖아? 그러면 너는 자랑스러운 한국인이 되는 거고 네 영화나 노래는 한국의 이미지를 드높인 K-컬처가 되는 거야. 사람들은 아무런 모순도 못 느낄걸? 난 성공을 찬미하는 게 K-정신이라고 생각해. 여기서는 성공 그 자체가 이데올로기야."

"이야, 선배, 옛날 모습 다 죽은 줄 알았는데 아직 쌰라 있네?"

그렇게 흥겹게 폭탄주를 주거니 받거니 했긴만, 그 흥은 오래가지 못했다. 다음날 뉴욕타임스가 캐시 정이 한 사람이 아니라 소설 창작 소프트웨어 7종을 사용하는 크리에이터 팀이라는 의혹을 제기했다. 이후 일주일은 롤러코스터를 타는 것 같았다. 퓰리처상과 전미도서상, 앤드루 카네기 메달 심사위원회는 캐시 정의 수상을 재검토하겠다고 밝혔다. 조너선 사프란 포어는 신작 장편소설 집필에 들어갔다. 캐시 정은 '캐시 정™'이라는 이름으로 활동하겠다고 발표했다. '캐시 정™'이 찬미할 만한 K-성공으로 보이지는 않았다.

부장 회의에서 최종적으로 '캐시 정™은 안 된다'는 결론이 났다. 〈소설, 한국을 말하다 2033〉 1회 게재 예정일인 9월 4일까지 남은 기간은 이제 고작 5일. 문학 담당 2진 기자는 이름 있는 소설가들에게 전화를 돌려 시리즈 취지를 설명하고 K-정신을 말하는 소설 한 편을 삼 일 만에 써달라고 읍소했다. 선임 기자는 2회부터 20회까지의 원고를 쓰기로 약속한 작가들에게 "쓰기로 한 글을 1회에 맞게 고칠 수 없느냐"고 사정했다.

가망 없는 작업에 지친 두 기자는 회의실에 멍하니 앉아 있었다. 선임 기자가 알파벳에서 가장 싫어하는 글자 K와 성공의 함정과 시대정신에 이어 헤겔과 관념론에 대해 떠들려는 찰나 2진 기자가 입을 뗐다.

"선배, 장강명 작가한테 부탁하면 어때요?"

"장강명……? 장강명 요즘도 글 쓰나?"

"웹소설을 쓰는 것 같던데요. 무슨 웹진에 에세이 실은 것도 봤고요."

"장강명은 이미 섭외된 작가들이랑 급이 안 맞는 거 같은데……"

"십 년 전에 〈소설, 한국을 말하다 2023〉 시리즈 1회를 장강명 작가가 썼잖아요. 일부러 같은 사람에게 다시 요청했다, 2023년 한국을 떠올리며 2033년 한국을 평가해보자는 취지다, 이렇게 말을 만들면 그럴듯하지 않을까요?"

2진 기자는 그렇게 말하며 'K-스러움'의 한 가지 특징을 깨달았다. 이곳에서는 늘 명분이, 간판이 중요하다.

전화를 받은 장강명은 신이 난 것 같았다. 삼 일 만에 사천 자를, 취지에 맞게 써 보내겠다고 했다. 그게 가능하냐고 2진 기자가 오히려 되물어야 할 판이었다.

"불가능한 마감 일정 앞에서도 몸을 갈아 넣어 준수한 완성도로 결과물을 내는 것, 그게 바로 K-정신 아니겠습니까. 매번 기적을 일으키는 사즉생 정신!"

아니야, 그걸 그렇게 부르면 안 돼. 그건 땜질이라고 하는 거야. 그 땜질 때문에 사교육, 돌봄 노동, 소셜미디어, 저출생, 번아웃 문제가 십 년째 제자리인 거야. 2진 기자는 생각했다. "정말 감사합니다, 작가님. 마감 꼭 지켜주세요"라고 말하면서.

지극히 사적인 초능력

 그녀는 손목에 흉터가 있었다. 그녀는 그 상처를 과시하지는 않았지만, 그렇다고 가리고 다니지도 않았다. 볼 테면 봐, 라는 식이었다. 타인을 대하는 그녀의 태도에도 늘 그런 분위기가 있었다. 할 테면 해, 라는.

 나는 그런 초연한 태도에 사로잡혔고, 동시에 속이 부글부글 끓었다.

 그녀는 나와 헤어지던 날 자신의 초능력을 고백했다.

 그녀는 자신에게 예시력이 있다고 주장했다.

 "미래를 볼 수 있다는 게 아니야. 알게 된다는 거야. 책을 읽는 것에 가까워. 내가 마주 대하고 있는 사람이나 사물, 장소에 대해 불현듯 한 문장이 떠올라. 아, 이 사람은 곧 병에 걸리겠구나, 이 물건은 당분간 사람 손에 닿을 일이 없겠구나, 여기서 누가 다치겠구나, 그런 거. 완벽하지는 않지. 왜, 어떻게 그렇게 되는지는 알지 못하고 어느 한 조각만을 미리 알게 되는 거니까. 그런데 그게 너무 압도적이야. 의심조차 할 수가 없어."

그녀는 자신의 삶이 그런 능력의 영향을 받았다고 주장했다.

"미래의 어느 지점에서 일어날 일을 알게 되는 것과 미래 전체를 보는 것은 전혀 다르거든. 그런데 난 그 차이를 몰랐었어. 모르는 채, 모든 건 미리 결정돼 있고 바꿀 수 없다는 생각에 빠졌지. 그래서 열의 없이 사는 데 익숙해졌어."

그때 나는 그녀의 말을 믿지 않았다. 그녀가 이렇게 덧붙였기 때문이다.

"너는 나와 다시는 만나지 못해."

그때는 그 말을 하기 위해서 그녀가 그 모든 이야기를 지어냈다고 생각했다.

그녀가 나를 미워한다고 생각했다.

그녀는 몇 가지 미래를 더 말해주었다. 내가 방송사에서 일하게 되고, 과로로 한 번, 교통사고로 한 번 입원하지만 금방 퇴원하고, 매운 음식을 좋아하게 되고, 기록적인 강추위가 몰아치는 날 부다페스트에 있을 거라는 등의 이야기들이었다.

그 예언들은 이후 십 년 안에 모두 실현되었다. 내 인생도 어쩔 수 없이 그 사실에 영향을 받았다. 어떤 미래는 정해져 있고, 운명이라는 것은 존재했다.

손목에 흉터가 있는 그녀가 몰랐던 것은, 나 역시 초능력자라는 사실이었다.

내게는 천리안이 있었다. 한 달에 한두 번 정도, 너무 피곤해서 머리가 텅 빈 것 같은 때 어둠 속에서 불쑥 영상 같은 것이 눈앞에 떠오르곤 했다. 꼭 꿈을 꾸는 것 같았지만, 꿈은 아니었다. 생각지도 않았던 사람들이 어떻게 지내고 있는지를 볼 수 있었다.

석 달에 한 번 정도는 그녀를 보았다.

그녀는 내가 모르는 거리를 걷거나, 한인 마트에서 장을 보거나, 책을 읽거나, 노트북을 멍하니 바라보고 있었다.

 공항은 사흘째 한파로 결항이었다. 도나우강은 꽁꽁 얼어 있었다. 하늘은 푸른색에서 붉은색으로, 그리고 천천히 검은색으로 바뀌었다. 부다페스트의 금빛 야경은 호사로웠지만 어쩐지 가짜 같았다.
 촬영팀은 술을 마시러 나갔고, 나는 조연출과 호텔방에 있었다. 그녀는 나와 서로 다른 외주 업체 소속이었다. 우리가 일을 같이하는 건 두번째였다. 그녀가 출장지에서 내 방을 찾아온 것도 두번째였다. 우리는 패딩을 입은 채로 이불을 덮고 있었다.
 "완벽하지는 않아. 왜, 어떻게 그렇게 되는지는 알지 못한 채로 남들 인생의 어느 한 조각을 짧게 훔쳐보는 거니까. 그런데 그게 너무 생생해."
 천리안에 대해 남에게 털어놓는 것은 처음이었다. 조연출은 웃거나 어이없다는 표정을 짓지 않고 진지한 얼굴로 고개를 끄덕였다. 나와 이야기할 때 그녀는 늘 그런 얼굴이었다.
 "그런 능력 때문에 성격이 달라졌다고 생각해? 피

곤할 때 원치 않는데도 다른 사람을 보게 되니까, 오히려 혼자 있는 시간을 더 찾게 된다든가. 옛 애인이 자꾸 보이니까 연애 전선에 문제가 생긴다든가."

조연출이 물었다.

"그런 것 같진 않은데. CCTV를 보고 있다고 해서 그 화면 속 인물이랑 같이 있다는 기분이 들지는 않잖아."

말해놓고 나니 거짓말이었다. CCTV를 보고 있으면 그 화면 속 인물의 부재감不在感을 더 강하게 느끼게 된다. 그런 감각은 삶에 영향을 미친다.

"그렇게 나를 본 적도 있어?"

"아니, 없어. 누군가를 자주 생각한다고 해서 그 사람이 보이게 되는 건 아니야. 그 반대도 아니고. 그냥 무작위라고 생각해. 왜 하필 그 여자가 자주 보이는지는 모르겠어. 초능력자들끼리 뭔가 통하는 거 아닐까."

"신경 쓰여? 옛 애인이 계속 보이는 게."

"신경 쓰여."

나는 정직하게 시인했다.

"사실 나도 능력이 있어. 아무한테도 말하지 않은."

조연출이 말했다. 그녀는 자신이 '기억 제거자'라고 주장했다.

"엑스맨 영화에서 대머리 박사가 갖고 있던 능력 기억나? 키스하면서 여주인공의 기억을 지우잖아. 자기에 대한 기억만. 나도 다른 사람의 머릿속에서 특정 기억을 그렇게 지울 수 있어."

나는 웃으며 그 영화가 〈엑스맨: 퍼스트 클래스〉라고 말해준다. 그리고 그 영화에서 프로페서 X는 대머리가 되기 전이라고 지적한다.

조연출은 어깨를 으쓱하고 이야기를 계속한다.

"내 능력도 완벽하지는 않아. 내 경우에는 상대가 협조해야 해. 상대가 자기 기억을 지우겠다고 동의해야 내가 그 기억을 지울 수 있어…… 손목에 흉터가 있다는 그 사람 기억, 지우고 싶어?"

나는 몇 년 만에 처음으로, 손목에 흉터가 있는 그녀에 대해 진지하게 생각한다.

그녀가 내게 미래를 알려준 이유에 대해 생각한다.

방송사를 다니게 됐을 때, 과로와 교통사고로 한 번씩 입원했을 때, 매운 음식을 좋아하게 됐음을 알아차렸을 때, 이곳에 와서 기록적인 한파를 마주했을 때, 나는 그녀를 떠올릴 수밖에 없었다.

그걸 원했던 걸까.

"그걸 원해?"

조연출이 묻는다.

나는 대답하지 못한다.

"키스해줘."

조연출이 말한다.

잘 가요, 시리우스 친구들

　지구와 시리우스 B 항성계를 잇는 포털이 열린다는 소문이 돌았다. 포털을 여는 비용은 시리우스 성인星人들이 부담하며, 서울에 거주하는 시리우스인들은 이번 연결 때 모두 고향 행성으로 돌아간다고.

　히치하이킹을 하려는 다른 항성계 외계인도 있는 모양이었다. 포털이 열리는 때는 한국 기준으로 12월 18일 밤이라고 했고, 내가 소식을 들은 건 당일 오후였다. 나를 비롯해 친親외계인파 지구인들은 배신감에 가까운 감정을 느꼈다.

　시리우스인들은 평판이 좋은 편이었다. 그들은 기품

있는 노인으로 위장해서 도시에 조용히 머물며, 연극 관람을 열심히 즐긴다. 겉보기로는 지구인과 전혀 다를 바 없이 생겼다. 사소한 차이가 있다면 유전자 조작 변신을 했음에도 귀가 약간 뾰족하다는 특징 정도인데, 그래서인지 다들 머리를 덥수룩하게 기른다. 개를 무척 사랑하지만 개들이 외계인을 본능적으로 경계하기 때문에, 반려견을 키우는 시리우스인은 없다고 들었다. 연극과 개의 공통점에 대해 시리우스 인들은 "생생하고 뭉클하고 슬프고 거룩하다"고 설명한다.

나는 연극계 지인의 소개로 만난 시리우스인을 한 사람 알고 있었다. 신문에서 미담 기사만 찾아 읽을 것 같은 노신사의 모습이다. 대학로 근처에 살면서 매일 한두 편씩 연극을 본다고 했다. 그중에서도 비극을 선호하며 특히 고전 비극은 빼먹지 않는다고. 그에게 따지고 싶었다. 설마 코로나 바이러스 때문에 떠나는 거예요? 연극 상연이 줄어서? 단물 다 빨아먹었다 이거예요?

저녁에 기대 없이 전화를 걸었는데, 그가 대뜸 만나자고 하는 바람에 내가 되레 놀랐다. 우리는 운영을

중단한 남산예술센터 앞에서 만났다. 시리우스인은 시간이 촉박해 카페에 갈 수 없으니 그냥 걸으며 얘기하자고 했다. 그는 외계 장치로 내 주변 공기를 훈훈하게 데워주었다. 덕분에 내 입에서는 입김이 나오지 않았고, 마스크 주변이 축축하게 젖지도 않았다.

남산 산책로를 걸을 줄 알았으나 그는 명동 쪽으로 내려갔다. 마지막으로 크리스마스 분위기를 맛보고 싶다던 그의 말이 무색하게 거리는 을씨년스러웠다. 일층 유리창에 '임대'라고 적힌 종이가 붙은 상가도 많았다. 나는 슬쩍 운을 띄웠다.

"우주적 관점에서는 이것도 별일 아니게 보일 테죠. 특히 지구를 오래 지켜봐온 외계인들의 눈에는……"

"글쎄요, 어떤 면에서는 저희가 이 스트레스를 더 잘 이해할 것 같습니다. 지구인들은 고통을 평가하는 데 서툴러요. 세상사를 시각적 내러티브로 파악하는 경향이 있지요. 그래서 기승전결이 없거나 의도가 개입되지 않은 고통을 터무니없이 낮춰 봅니다. 층간 소음 같은 거요. 어떻게들 견디는지 모르겠어요."

시리우스인은 우리에게 고통을 묘사하는 단어 자체

가 부족하다고 지적했다. 인간은 공감 능력이 좋은 편이기에 그런 쪽으로 언어가 발달할 필요가 없었던 것 같다고, 고로 묘사하기 어려운 낯선 고통은 지구에서 과소평가된다는 설명이었다. 진심으로 안타깝다는 말투였다. 낮부터 심사가 꼬여 있던 나는 그제야 물었다.

"왜 이런 식으로 떠나는 거죠? 당신들한테는 발달한 과학기술이 있잖아요. 지구인의 연극을 사랑하고 계속 보고 싶으시다면, 지구인 연구자에게 슬쩍 바이러스 치료제를 건네주면 되잖아요? 아니면 그냥 대기 중에 그 치료제를 풀어놓으면 되잖아요? 조금 전에 저한테 기온 조절 장치를 사용하신 것처럼요."

그는 한동안 대답하지 않았다. 하필 명동성당 앞이었고, 그래서 기분이 좀 묘했다. 기독교인들도 같은 질문을 이천 년간 던지지 않았던가. 복잡하게 굴지 말고 그냥 우리를 구해주시면 되지 않을까요? 인간을 사랑하신다면서요.

"저희의 문명을 더 발전한 문명이라고 여기시겠지요? 그런데 저희는 스스로를 실패한 문명이라고 봅니다. 저희는 다시 처음부터 시작할 기회조차 잃어버렸죠. 인류에게는 저희보다 기회가 훨씬 더 많습니다."

놀란 나를 데리고 그는 명동성당 경내로 들어갔다. 과학기술 발달은 양날의 검과 같다고, 그 때문에 자멸한 문명도 많다고 그는 설명했다. 감당 못할 무기를 개발해서 전쟁에서 쓰기도 하고, 생명의 기반이 되는 생태계를 파괴하기도 하고……

"저희는 문명을 여러 단계로 구분한답니다. 너무 기분 나쁘게 듣지는 말아주세요. 지구 문명은 아직 높은 단계는 아니에요. 문명이 스스로에게 가하는 폭력이 뭔지 깨닫고, 그걸 피할 궁리를 하는 단계이지요."

"당신들은 그 단계를 예전에 넘어섰잖아요? 방법을 그냥 저희한테 가르쳐주시면 안 되나요?"

"저희는 충분히 지혜롭지 못했어요. 고통과 죽음을 없애면 모든 문제가 해결될 줄 알았어요. 그래서 그렇게 했습니다. 완전히 통제되는 사회를 만들었고, 불행에 시달리지 않도록 스스로의 본성을 조작했습니다."

이제 시리우스 B 항성계에는 어떤 드라마도 없고, 아무것도 새로 태어나지 않는다고 그는 말했다. 그곳에서는 삶이 죽음만큼이나 평화롭고 안정적이라고.

생생한 것, 뭉클한 것, 슬픈 것, 거룩한 것들은 모두 사라졌다고. 그나마 지구인들의 연극을 볼 때 자신들이 잃어버린 비극의 힘을 흐릿하게나마 느낄 수 있다고.

"지구는 시리우스 B 반경 이십 광년 이내에 유일하게 연극 공연이라는 문화가 있는 문명입니다. 다들 디지털화 중반기에 연극 문화를 잃어버리지요."

아아, 그래서 지구인들이 부러우세요? 슬퍼하고 괴로워할 수 있어서? 아픈 만큼 더 성장할 거다, 그런 얘기예요? 내가 따지자 그는 서글픈 미소를 지었다. 논쟁 아닌 논쟁을 하는 사이 주변에 빛의 입자들이 생겨나 위로 천천히 올라갔다. 포털이 열리는 중이었다.

"질병은 어떻게 극복하느냐도 중요합니다. 무슨 뜻인지 아실 거예요."

시리우스인이 말했다.

아니, 난 모르는데요. 그저 치료제를 원한다구요.

푸른빛이 우리 주변을 감싸고 있었다. 시리우스인의 목소리가 마치 노래방에서 싸구려 마이크에다 대고 말하는 것처럼 흐릿하게 울렸다.

"연극계와 소상공인을 살릴 힘은 당신들에게도 있

지 않습니까? 그냥 돈을 지원해주면 되는 것 아닌가요? 코로나 바이러스 치료약이 아니더라도 말이죠. 당신들에게 그 정도 경제력은 있잖아요?"

사라지기 직전 시리우스인이 말했다.

명동성당을 빠져나오며 '지구 거주 외계인의 친구들' 단톡방에 내가 맡은 시리우스인은 끝까지 도움이 안 됐다고 보고했다. 그나마 알파 센타우리 녀석들보다는 친절했다고. 망할 외계인 놈들. 고난의 의미? 우린 우리식으로 최선을 다하련다.

공기가 차가웠다. 흰 성모상 아래 놓인 꽃다발이 보였다. 상설 고해소의 문은 닫혀 있었다. 사제를 붙잡고 고해를 하고 싶다는 마음이 불현듯 일었다. 하지만 무엇에 대해 용서를 빌어야 할지 알 수 없었다.

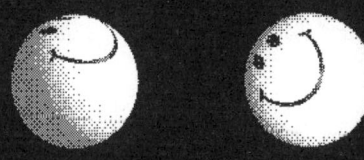

종말을 수용하고

 가장 먼저 느낀 것은 추위였다. 온몸이 덜덜 떨렸다. 다음으로 플라스틱 타는 냄새를 맡았다. 입안이 몹시 써서 침을 뱉고 싶었는데 몸을 일으킬 수가 없었다. 잠시 뒤 뭔가 무거운 것이 쉴새없이 돌아가는 듯한, 웅웅거리는 소음을 알아챌 수 있었다. 시각이 가장 마지막으로 돌아왔다. 주변이 어두컴컴한 와중에, 천장만은 아주 희미한 흰빛을 발하고 있었다.

 "정신이 좀 들어요? 제비뽑기에 당첨된 걸 축하합니다."

 중년 여성의 목소리가 들렸다. 상대의 이름을 부르

려 했으나 기억이 잘 나지 않았다. 분명히 아는 사람인데…… 핵물리학자인데…… 계속 기억이 헛돌았다. 혹시 뇌가 손상된 건 아니겠지? 덜컥 겁이 났다.

"냉동 수면에서 깨어난 다음에는 한동안 현기증을 겪어요. 이상한 맛 같은 걸 느낄 수도 있고. 나도 그랬으니 걱정 말아요. 그냥 아무 생각 말고 누워 있어요. 안내 영상을 볼 준비가 되면 말씀하시고요."

내 생각을 읽기라도 한 듯 핵물리학자가 말했다.

"무슨…… 안내 영상이요?"

내가 가까스로 입을 열어 말했다.

"벌써 준비가 됐나보네요."

핵물리학자가 미소를 짓더니 손가락을 튕겼다. 그러자 천장 가운데 부분이 커다란 화면으로 변했다. 사령부 대장과 우주선 선장이 환영 인사를 했고, 이 모든 일의 자초지종에 대한 설명이 이어졌다. 처음 십 분 정도는 우주선에 탑승한 사람이라면 이미 알고 있을 내용들이었다.

소행성이 지구에 충돌한다는 사실, 그리고 그걸 막을 수 있는 기술이 없다는 사실을 인류는 너무 늦게 깨달았다. 인류의 일부나마 살리려고 군인과 과학자, 기술자들이 모여 우주선 발사 기지를 만들어 탈출용 우주선을 건설했는데, 우주선에 타지 못하게 된 사람들이 폭도로 변해 기지를 습격했다. 폭도들은 다 만들어놓은 우주선을 파괴했고, 우주사령관은 폭도들을 진압했다. 그 과정에서 우주사령부 사령관과 발사 기지 소장 사이에 갈등이 빚어졌다.

우주선 발사 기지의 과학자와 기술자들은 불가능해 보였던 일을 해냈다. 파괴된 우주선의 잔해에서 그러모은 부품들을 가지고 새 우주선을 건설한 것이다. 다만 정원은 크게 줄일 수밖에 없었다. 오천 명에서 천이백팔십삼 명으로. 당초 탑승을 약속받았던 사람들 중 삼천칠백십칠 명은 우주선에 탈 수 없게 됐다는 얘기였다.

사령부와 발사 기지측은 제비뽑기를 하기로 합의했다. 우주선 발사일이 되면 탑승 신청자들이 모두 주기장駐機場으로 가서 각자 지정받은 냉동 수면 캡슐 앞에 선다. 탑승 신청자들이 모두 베드에 누워 후두마스크로 코와 입을 덮으면 수면 마취 가스가 나온다.

탑승 신청자들이 의식을 잃으면 우주선의 중앙 컴퓨터가 추첨을 시작한다. 당첨된 1283개 캡슐에서는 냉동 수면이 진행된다. 나머지 캡슐에서 안락사 가스가 나온다. 우주선에는 1283개 캡슐만 실린다. 즉 당첨자들은 우주선 안에서 눈을 뜨고 나서야 자신들이 선택받았다는 사실을 비로소 알 수 있다. 선택받지 못한 자들은 자신들이 선택받지 못했음을 영영 알지 못한 채 죽는다. 고통 없이.

 우주사령부와 발사 기지측은 우주선 탑승을 양보하자는 캠페인도 벌였다. 자기 임무는 우주선을 만드는 것으로 끝났다, 지구에서 존엄한 최후를 맞고 싶다는 신청자에게 소행성 충돌 전까지 남은 삶을 여유 있게 누리고 정리할 수 있도록 충분한 물자와 존엄사 키트를 제공하겠다고 했다. 그러나 접수 결과 양보하겠다고 신청한 사람은 오십 명도 채 되지 않는 것으로 드러났다.

 우주선 발사일이자 탑승자 추첨일이 다가왔고, 사천구백오십여 명이 주기장에 차례로 줄지어 들어섰다. 선택받은 천이백팔십삼 명이 실린 냉동 캡슐은 우주선에 실렸다. 운이 따르지 않았던 삼천육백여 명의 시신이 실린 냉동 캡슐은 그대로 주기장 아래에 매장되었다. 우주선이 출발하고 한 달 뒤 소행성이 지구에 충돌했다. 지구 표면은 화염과 연기에 온통 뒤덮였고, 그로부터 이 년이 지났다. 우주선은 현재 화성 궤도에 있다.

설명을 듣는 동안 서서히 정신이 깨어났고, 나는 핵물리학자의 만류에도 불구하고 몸을 일으켰다. 이온음료를 일 리터쯤 마신 뒤 건강검진을 받고 당직 업무에 대한 설명을 듣느라 첫째 날은 정신없이 보냈다.

당직은 2인 1조로 서게 되는데, 순서는 무작위로 정해지고 임기는 일인당 육 개월이다. 두 사람의 임기는 삼 개월씩 겹치게 배치된다. 즉 임기가 전반부에서 후반부로 넘어갈 때 동료 당직자가 바뀐다. 먼저 당직을 선 사람이 명령 계통상 선임을 맡는다. 두 당직자가 서로 충돌하는 명령을 내리면, 컴퓨터는 선임의 명령을 따른다.

그러나 사실 당직을 서는 동안 특별히 할 일은 없는 듯했다. "그냥 비상대기 개념이죠"라고 핵물리학자는 설명했다.

"그런데 저희가 할 수 있는 일이 뭐가 있다고 당직을 서요? 박사님도 우주선 조종 못하고, 저도 못하는데요."

내가 묻자 핵물리학자가 답했다.

"컴퓨터가 고장났을 때 비상 버튼으로 사람들을 깨우는 정도? 자동으로 한꺼번에 깨울 수도 있고 수동으로 한 사람씩 깨울 수도 있어요."

둘째 날에는 유동식이 아닌 정식 식단으로 식사를 했고, 핵물리학자는 "정말 회복이 빠르다, 젊은 사람은 다르다"며 감탄했다. 그날 밤에는 소행성이 지구에 부딪히는 장면과 폐허로 변해버린 지구 표면을 촬영한 영상을 보았다. 고궤도 인공위성들이 찍은 것이라 화질이 생생하지 않았는데도 눈물이 흘러내리는 것을 주체할 수 없었다.

셋째 날에 비로소 어떤 사람들이 나와 함께 우주선에 탑승했는지 궁금해져서 컴퓨터에게 리스트를 달라고 요청했다. 먼저 나와 친했던 사람들을, 그다음에는 내가 싫어했던 사람들을 찾아보았다. 만감이 교차했다. 나와 친했던 사람들 중에 우주선에 오르지 못한 사람들이 있었고, 내가 싫어했던 사람들 중에 우주선에 오른 사람이 있었다. 언젠가 다시 지구로 내려가면 나는 어쩔 수 없이 그들과 협력해야 한다.

다음으로 우주선 발사 기지에서 이름난 사람들을 찾던 중 뭔가 이상한 점을 발견했다. 당혹스러웠다. 처음에는 불길한 우연의 일치라고 여겼다. 그러나 점차 이것이 우연의 일치가 아님을 인정할 수밖에 없었고, 하나의 의심이 또다른 의심을, 점점 거대한 의심들을 불러왔다. 그 의심들의 총합이 가리키는 바를 받아들일 수 없어 멍하게 앉아 있었다.

"눈치챘나보군요."

어느샌가 내 옆에 다가온 핵물리학자가 말했다.

"박사님도 알고 계셨나요?"

내 질문에 핵물리학자가 굳은 얼굴로 고개를 끄덕였다.

폭도 진압 과정에서 우주사령부 사령관과 우주선 발사 기지 소장이 갈등을 벌일 당시 파벌이 생겼다.

그리고 우주선 탑승자 중에는 발사 기지 소장과 사람들이 한 명도 없었다. 반면 우주사령관 쪽 주요 인물들은 모두 포함되어 있었다. 확률적으로 있을 수 없는 일이었다.

우주선 탑승자를 선발하는 추첨은 무작위가 아니었던 것이다.

"어떻게 이런 일이 가능한 거죠?" 내가 물었다.

"글쎄요, 제 추측은 우주사령부와 탑승자선발위원회가 처음부터 한통속이었다는 거예요. 하지만 별 근거는 없어요. 우주사령관측에서 선발위원회의 핵심 인물을 매수한 걸 수도 있고, 아니면 선발위원회가 해킹을 당한 걸 수도 있겠죠. 아니면 괴상한 기적이 일어났거나." 핵물리학자가 대답했다.

"믿기지가 않네요."

"뭐가요?"

"그냥 모든 게요. 이걸…… 어떻게 하죠? 이대로 놔두실 건가요?"

내가 말을 더듬으며 물었다. 우리는 옛 문명을 마치는 일조차 제대로 마무리하지 못했다. 새로 건설하려는 문명은 음모와 암투 속에서 시작한다. 우주사령관 측이 발사 기지 소장측 인사들의 탑승권을 박탈해버린 건, 따지고 보면 살인이었다.

"그렇게 말하는 걸 보니 당신이 우주사령부 쪽 인사가 아닌 건 확실히 알겠네요. 선임 당직자와 한참 토론했었어요. 혹시 우주사령관측 사람들이 당직자들의 순서도 교묘하게 정해놓은 건 아닐까 하고요."

'왜죠?' 하고 물으려다 언뜻 떠오르는 생각이 있어서 입을 다물었다. 핵물리학자는 이번에도 내 생각을 읽어낸 것처럼 이야기를 이어갔다.

"탑승자 중에 얼마나 많은 사람들이 우주사령관의 입김으로 선택된 건지 알 수 없어요. 어쨌든 이들이 모두 깨어나면 우주사령관 쪽에 우호적인 여론을 조성하게 될 것은 틀림없어요. 우리가 건설하는 문명은 독재 사회가 되겠죠. 그런 끔찍한 사태를 막을 수 있는 기회는 지금뿐인지도 몰라요."

나는 핵물리학자가 암시하는 바를 알아들었다. 우리는 냉동 수면 캡슐에 있는 사람들을 하나하나 깨울 수 있다. 냉동 수면에서 깨어난 사람들은 잠시 동안 무력한 상태에 빠진다. 그렇다면 우주사령관과 그의 측근들을 깨워서……

"지금 우주사령관과 그의 측근들을 암살하자는 겁니까?" 내가 물었다.

"아니, 그런 토론을 내 선임자와 했다는 거죠. 우리는 결론 내리지 못했고, 선임자는 당신이 깨어나는 걸 보고는 자기 냉동 캡슐로 들어갔어요."

"제가 박사님과 그 토론을 이어가야 할까요?"

"그렇게 될 거예요. 삼 개월 동안 달리 할 일이 없으니까요."

그렇겠군, 하고 속으로 생각하며 나는 고개를 끄덕였다. 삼 개월은 짧지 않은 시간이다. 핵물리학자가 말을 이었다.

"그리고 삼 개월 후에는 당신이 누군가의 선임이 됩니다. 어쩌면 후임자를 깨우기 전에 당신 혼자서 일을 해낼 수도 있겠죠. 확신이 선다면."

"박사님은 확신이 서지 않았나요?"

이번에는 내 질문에 핵물리학자가 말없이 느리게 고개를 끄덕였다.

그 순간 이 모든 게 우주사령관의 계획이 아닐까 하는 생각이 들었다. 아주 터무니없는 의심은 아닐지도 모른다. 자신에게 협조적일지 아닐지 모르는 사람에게 자신을 죽일 수 있는 기회를 삼 개월 동안이나 주는 것. 그 기회를 거부하는 사람은 결국 우주사령관이 건설할 독재 체제를 승인하는 셈 아닐까. 우주사령관은 그렇게 모든 이의 지지를 받는 강건한 독재자가 되고 싶은 것 아닐까.

현수동의 아침

와우, 이 시간에 해가 뜨나요. 밤이 점점 짧아지는 것 같네요. 잘 잤느냐, 개운하냐고 물으신다면 썩 그렇지는 않습니다. 새벽에 몇 번 깼어요. 엘리베이터가 오르락내리락했거든요. 그러면서 중간에 덜컹덜컹대는 소리가 여운까지 남기며 제법 크게 울려퍼졌습니다. 오래된 아파트이기도 하고, 제가 잠귀가 무척 밝은 편이랍니다.

하지만 잠은 설쳤어도 새로운 하루가 시작됐으니 기운을 내야겠죠! 하품을 크게 하고 기지개를 쭈우우우욱 폅니다. 그러고 나서는 몸을 짧고도 강하게 좌우로 흔들어봅니다. 제가 자주 하는 동작입니다. 기분 전환하는 데 좋아요. 솟아라, 긍정적인 사고의 힘! 사실 전날 밤 수면의 질 같은 문제야 기상해서 두세 시간 지나면 대충 잊게 되지 않습니까?

아빠가 와서는 "잘 잤어?" 하고 묻더니 갑자기 저를 껴안고 뽀뽀를 하려고 합니다. 으, 싫어! 수염도 며칠째 안 깎은 상태이면서. 저는 아빠의 품에서 벗어나려고 발버둥을 칩니다. 제가 세 살짜리 토이 푸들이라는 얘기는 했던가요? 사람들이 잘 모르는 사실인데, 개들은 원래 포옹을 그다지 좋아하지 않는다고요. 주인을 사랑하니까 참고 안기는 거예요.

그래도 아빠가 제 등을 쓰다듬으니 기분이 좋아지고 꼬리가 저절로 살랑거립니다. 가끔은 꼬리에 머리가 하나 더 있는 것 같다는 생각이 들어요. '오, 이거 괜찮은데? 마음에 들어!' 하고 머리로 생각하기도 전에 꼬리가 먼저 움직인다니까요. 머리는 아직 결론을 못 내려서 얼굴이 굳어 있는데 꼬리가 살랑거려서, '내가 기분이 좋은가본데' 하고 거꾸로 알게 될 때도 있어요.

"새롱아, 산책 갈까? 산책?"

매일 아침이면 똑같이 듣는 질문입니다만, 그래도 저는 좋아서 팔짝팔짝 뜁니다. 아빠가 용변을 보는 동안 저는 화장실 문 앞에서 기다립니다. 이건 분리불안하고는 아무 상관이 없어요. 화장실이 워낙 위험한 장소잖아요. 뜨거운 물에 델 수도 있고, 미끄러져서 넘어질 수도 있고요. 아빠한테 혹시나 무슨 사고가 일어날 경우 제가 빨리 도우려면 최대한 가까운 장소에 있어야죠.

가슴줄을 차고 밖으로 나갑니다! 일단 건물 앞에 있는 나무 밑동 근처를 열심히 돌아다니며 냄새를 맡습니다. 이것도 사람들이 잘 모르는 건데, 이 나무 아래에 무지막지하게 큰 개미굴이 있습니다. 지금까지 수많은 개미굴을 봤지만 이건 정말 거대해요. 다른 개미굴의 몇백 배 규모는 될 거예요. 완전히 다른 세상이죠. 저라고 개미들과 대단한 대화를 나누는 건 아니지만 그래도 냄새를 통해서 개미 왕국의 동향을 조금 파악합니다. 밑에서 큰 싸움이 벌어지기도 하고 기근이 들 때도 있고 축제 같은 시기도 있고 그렇습니다.

아빠가 가슴줄을 잡아당기네요. 잠깐만요. 소변 좀 누고요. 대변도 볼까요. 몇 걸음 더 걸어가서 뱅글뱅글 돌고 대변을 눕니다. 이 근처에서 사는 길고양이 아줌마가 오늘은 안 보이는군요. 임신한 것 같던데. 저랑 데면데면한 사이이긴 합니다만 안부가 궁금하…… 우왓! 한쪽 날개가 제 등 길이만한 까마귀 한 마리가 갑자기 머리 위로 날아왔어요! 어휴, 펄쩍 뛰다가 제가 조금 전에 눈 따끈따끈한 똥을 밟을 뻔했네요(개똥 밟는 건 개들도 싫어해요). 아빠도 놀란 모양이고 나뭇가지에 앉아 있던 물까치들도 푸드득 날아갑니다. 강 근처여서인지 물까치들이 많이 살아요. 까마귀 할배를 향해 좀 짖어봅니다만 할배는 신경도 쓰지 않는군요.

오늘 산책 코스는 둔치가 아니라 언덕 쪽인가봐요. 거기 무슨 옛날 왕의 사당이 있거든요. 역사가 아주 오래된 문화재인 것 같은데, 아무튼 그쪽도 좋습니다! 사당에는 한옥 건물과 넓은 마당이 있고 주변에 어마어마하게 큰, 제가 그 둘레를 돌려면 시간이 꽤나 걸리는 나무들이 여러 그루 있어요. 그 나무 그루터기에서는 꼬릿한데 이상하게 구수한 냄새가 나요! 한번 맡기 시작하면 멈출 수가 없어요. 탁 쏘는 것도 같고 톡톡 튀는 것도 같고, 아무튼 복잡해요.

사당도 좋지만 사당으로 가는 길에 있는 거리공원도 아주 좋아요. 길 자체가 작은 공원인 곳인데 가로수도 많고 곳곳에 재미있게 생긴 동상들도 있고(그런데 아빠가 여기에 오줌을 못 누게 합니다) 횡단보도를 건널 필요 없이 한참을 계속해서 걸을 수 있고 가슴줄을 풀고 마구 뛰어다녀도 되는 반려견 전용 놀이터도 있어요. 다른 개 친구들도 여기서 자주 만나요. 아빠도 여기서 다른 개 엄마 아빠들과 잡담을 오래 나누고요.

어린 학생들도 거리공원을 이용하지요. 이 길로 등교하면 차도를 건너지 않아도 되니까요. 하지만 아직 이른 아침이라 지금은 학생들이 별로 없는 거 같아요. 네, 저랑 아빠는 거리공원에서 조금 떨어진 보도에 있답니다. 회사원들이 걸어가네요. 행인들이 저를 보고는 "와, 귀엽다" 하면서 아빠에게 미소를 짓습니다. 아무래도 세상 사람들이 전부 다 저를 좋아하는 거 같아요!

아빠는 거리공원 쪽으로 가려 하지만 제가 버팁니다. 아직 빵집을 들르지 않았잖아요! 빵집 아주머니한테 인사하고 가야죠. 아빠가 한숨을 쉬고 저를 들어 올려 안습니다. 빵집 문이 열리고, 종소리가 들리고, 으음ㅡ, 이 향기로운, 갓 구운 빵 냄새. 저는 혀를 날름 내밀어 코를 쓱 닦습니다. 코에 침이 묻어 축축해지니 여러 빵들의 향기가 더 뚜렷하게 느껴지는군요. 화덕에서 반죽을 굽고 있고, 밀가루가 약간 날리고 있어요. 주방 바닥에는 계란물이 몇 방울 떨어졌나보지요?

"안녕하세요, 또 왔어요. 오늘의 커피 한 잔 주실래요?" 아빠가 빵집 아주머니한테 인사를 합니다. "어머나, 새롱이 왔어? 잠깐만." 아주머니가 저에게 미소를 짓더니 접시에 놓인 시식용 빵을 조금 내밉니다. 저는 또 그걸 얻어먹겠다고 버둥거렸지요. 음, 오늘은 밤이 들어간 통밀빵이군요. 고구마식빵이 더 좋은데. 그래도 맛있습니다.

아빠와 빵집 아주머니가 잠시 대화를 나눕니다. 두 사람이 나누는 얘기는 거의 매일 비슷해요. 아주머니가 "어제는 글 좀 쓰셨어요?" 하고 물으면 아빠는 "요즘 빵은 좀 팔려요?" 하고 받아치고, 함께 웃습니다. 그리고 커피 원두나 요즘 읽는 책에 대해 이야기를 나눕니다. 아빠와 빵집 아주머니는 같은 독서 모임에 다녀요. 도서관에서 열리는 모임이지요.

아빠가 오늘 집에서 빈손으로 나온 바람에 빵집에서 텀블러를 하나 빌려주시네요. 아빠가 그 텀블러를 손목에 걸고 저를 데리고 나와서 땅에 내려놓습니다. 제가 짧고 강하게 몸을 좌우로 흔드는 동안, 아빠가 의미심장한 표정을 지으며 말합니다.

"이 똥강아지야, 이런 동네는 세상에 없는 거 알지? 너는 내 꿈일 뿐이고? 내가 있는 현실의 세계는 지금 새벽 한시 이십칠분이고, 창문 밖으로는 나무 한 그루 없는 삭막한 거리가 있어. 하지만 나는 너를 자주 생각하고 그리워한단다. 우리 꼭 언젠가 이런 동네에서 만나자. 그때 이렇게 매일 아침마다 산책하자꾸나."

그 얼굴이 너무 다정하고 목소리에서도 애정이 뚝뚝 흘러넘치기에 저는 아빠가 하는 말이 무슨 뜻인지도 모르면서 꼬리부터 먼저 흔듭니다. 그리고 꼬리를 보고 알게 되지요. 아빠의 바람이 이루어지기를 저 역시 간절히 원하고 있음을. 그래서 저는 기꺼이 답합니다. 멍멍, 이라고요.

정시에 복용하십시오

그 선택을 후회하나요? 의사가 물었다.

나는 모르겠다고 대답했다.

다시 그때로 돌아간다면 약을 먹을 겁니까? 의사가 다시 물었다.

잠시 생각해본 뒤, 나는 왜 '내가' 그 순간으로 돌아가야 하는지 모르겠다고 대답했다. 왜 이것이 온전히 내가 책임져야 할 일인 것처럼 물어보는가? 과거로 돌아가는 사람이 왜 나여야 하는가? 그 약을 만든 사람들이야말로 그 약을 개발하던 때로 돌아가서, 자신들이 무엇을 만들고 있는지 심각하게 고민해야 하지 않을까?

의사는 내가 질문을 피하고 있다고 지적했다. 나는 머릿속으로 내 의견을 차분하게 정리해보았다.

① 지금 나는 불행한가? 그렇다.

② 이 불행은 두 달 전 그 약을 먹지 않은 데서 비롯된 것인가? 그렇다.

③ 나는 그 약을 먹지 않으면 불행해질 것을 알고 있었나? 당시에는 그것이 도박처럼 보였다. 약을 먹지 않는다면 칠십 퍼센트 정도의 확률로 불행해질 것 같았고, 약을 먹는다면 십 퍼센트 정도의 확률로 불행해질 것 같았다.

④ 약을 먹지 않은 것은 옳은 선택이었나? 그 선택이 현명했는지, 최선이었는지, 바람직했는지가 아니라 '옳은' 선택이었는지 묻는다면, 그렇다. 그것은 옳은 선택이었다. 나는 도덕적으로 옳은 일을 했고, 결과가 요행으로 잘 풀리길 기대했지만 잘되지 않았다.

생각이 거기까지 이르고 나니 스스로가 약간 순교자처럼 느껴졌다. 나는 양자택일을 해야 하는 입장에 처했고, 상황은 일종의 윤리적 결단을 요구했다. 나는 옳지만 손해를 볼 가능성이 큰 방향으로 행동했고, 결국 돌이킬 수 없는 손해를 입었다.

그녀가 떠난 것이다.

생각이 거기까지 이르고 나니 순교고 뭐고, 내가 그저 자기 합리화를 하고 있을 뿐임을 알게 되었다. 나는 바보 멍청이였다.

사람들은 그 약을 '뇌의 비아그라'라고 불렀다. 많은 이들이 오해하는 바와 달리, 그 약은 누군가를 유혹하는 데에는 쓸모가 없었다. 서로 애정이 없는 두 성인 사이에는 어떤 식으로도 작용하지 않았다. 이미 열정이 식은 커플들에게도 도움이 되지 않았다.

그 약은, 막 사랑에 빠져 뇌에서 온갖 신경전달물질들이 생산되고 있는 연인에게 유효했다. 도파민, 페닐에틸아민, 옥시토신, 세로토닌, 뭐 그런 유의 물질들.

과학자들은 사랑의 묘약을 만들어내지는 못했지만, 그 대신 우리 뇌가 사랑에 빠져 천언화학물질로 칵테일을 만드는 바텐더가 될 때, 그 역할을 쉽게 그만두지 못하게 하는 유도 약물을 찾아냈다.

즉, 연애 초기에 두 사람이 '뇌의 비아그라'를 먹으면 그 순간의 강렬하고 달콤한 흥분 상태가 몇 년이고 몇십 년이고 유지될 수 있다는 얘기였다. 요즘 젊은이들 사이에서는 사귄 지 한 달, 혹은 백일이 되었을 때 사랑을 고백하면서 함께 병원에 가서 처방전을 받는 게 신풍속이 되었다는 얘기도 들었다. 돌아오는 길에 반지도 맞추고.

우리도 사귄 지 백일이 되던 날 병원에 갔다. 간단한 검진을 받고, 장기 복용하면 고혈압 위험이 높아진다든가 하는 설명을 듣고, 병원과 연계한 이벤트 업체의 커플 상품 안내 책자를 읽고, 처방전을 받았다.

그뒤로 삼 년은 내 인생에서 가장 행복한 기간이었다.

사 년째가 됐을 때, 나는 바보 멍청이 같은 생각에 빠졌다. 우리는 더없이 완벽하고, 서로에게 꼭 맞는 짝이니, 약이 없어도 이 관계가 그대로 유지될 것 같다는.

"굳이 그걸 시험할 필요가 있을까?"

그녀가 내 가슴을 쓰다듬으며 물었다.

"만약 약을 끊었는데 사랑이 사라진다면 지금 우리 감정은 가짜라는 얘기잖아. 약물에 속아서 관계를 유지하고 있었다는 뜻이 되는 거고. 그런 건 싫거든. 그리고 약을 끊었는데도 우리 사랑이 그대로라면 약을 끊지 못할 이유가 없고."

나는 그녀의 눈을 바라보며 대답했다. 나는 내가 '진정한 사랑'을 거의 손에 쥐고 있다고 믿었다. 한 조각 의심만 지우면 완벽할 것 같았다.

"자기가 느끼는 감정의 기원이 진짜인지 가짜인지가 그렇게 중요해? 중요한 건 감정 그 자체 아닐까? 내가 예뻐 보이는 이유가 화장 때문인 걸 알게 되면 자기는 실망할 거야? 나더러 화장을 지우라고 할 거야?"

한번은 그녀가 이렇게 물었다.

"사랑은 감정만큼이나 의지의 문제이기도 한 거야. 거꾸로 생각해봐. 내가 만약 '나를 사랑한다면 계속 그 약을 먹어'라고 말한다면, 자기는 망설임 없이 약을 먹을 거잖아. 그러면 이런 고민도 안 할 테고."

이렇게 따지기도 했다.

그게 그 약의 고약한 점이었다. 사람의 감성뿐 아니라 생각에도 영향을 미친다는 것. 스스로를 믿지 못하게 만든다는 것.

나는 과학자들이 그런 약을 만들지 말았어야 한다고 생각한다. 그것은 마치 천국의 문을 활짝 열어 묻지도 따지지도 않고 지상의 모든 이를 들여보낸 것과 같은 행위였다. 그 결과, 천국의 의미가 훼손되었다.

과학자들은 의사가 치아나 위 조직을 관리하듯 사랑을 다스리려 했다. 그들은 오래된 연인 간의 익숙함, 편안함 같은 요소를 충치균이나 헬리코박터균처럼 대했다. 나는 그런 태도가 옳지 않다고 느꼈고, 사랑과 인간관계, 더 나아가 삶의 의미를 망가뜨린다고 믿었다.

우리는 한 달만 약을 먹지 않아보기로 했다.

그녀에 대한 내 사랑은 식지 않았다. 그녀를 떠올리거나 볼 때마다 예전처럼 가슴이 두근거리지는 않았지만, 은은하면서도 단단한 충만함이 일상에 스며들었음을 확인했다.

그녀는 동호회에서 만난 남자와 함께 병원에 가서 처방전을 받았다.

"사랑은 의지의 문제라며! 그 녀석이랑 병원에 간 건 네 선택이었어. 그러지 않을 수도 있었잖아!"

나는 울면서 항의했다.

"글쎄, 아마 내가 사랑을 사랑하는 여자인가보지."
그녀가 대꾸했다.

의사가 처방전을 써준다.

나는 약물의 힘을 빌려 이 상처를 극복하는 것이 옳지 않다고 여전히 생각한다.

나는 어떤 고통에는 의미가 있다고 믿는다. 나는 내 삶이 감각이 아니라 의미로 가득하길 바란다. 나는 이 고통이 사라진 뒤에도, 그녀라는 상처가 말끔히 지워지지 않고 내 마음에 거대한 흉터로 남기를 원한다.

나는 의사가 처방해준 약이 그런 나의 희망과는 반대임을 알고 있다. 그 약이 내가 추구하는 삶의 가치를 손상한다고 느낀다.

그러나 따지지 않고 처방전을 받아든다.

고통을 견딜 수가 없기 때문이다.

승인할까요

 당신은 꿈에서 깨어난다. 정말 이상한 꿈이었어, 하고 당신은 생각한다. 그 이상한 꿈의 불길한 기운을 떨쳐내려고 당신은 짐짓 쾌활한 표정을 지으며 배우자에게 말한다. 저기, 내가 진짜 이상한 꿈을 꿨다? 꿈속에서 말이야, 이제 2020년이 됐으니까 오늘 중에…… 그런데 당신을 바라보는 배우자의 눈빛이 심상치 않다. 배우자가 말한다. 그 꿈 나도 꿨어.

 응? 아니 아니, 내가 진짜 이상한 꿈을 꿨는데, 꿈속에서 어떤 천사인지 악마인지가 나와서 내가 사는 세상이……

그 꿈 나도 꿨다고. 그거 꿈이 아닌 거 같아. 배우자가 말한다. 표정이 심각하다. 약간 넋 나간 사람처럼 보이기도 한다. 이제 당신의 표정도 그러하리라.

그게…… 그러면 진짜라고? 그 얘기가? 다? 당신은 말을 더듬는다.

그런 거 같아. 배우자는 아랫입술을 씹는다.

그러면…… 뭘 해야 하지? 당신이 묻는다.

일단 우리가 들은 걸 비교해보자. 정말 똑같은 내용이었는지 확인해보자. 배우자가 제안한다.

당신과 배우자는 기억나는 내용을 두서없이 늘어놓는다. 그리고 점점 더 서로의 말이 정확하게 일치하고, 간밤의 꿈이 가짜라기에는 지나치게 생생하다는 사실을 알게 된다.

모건 프리먼을 닮은 남자가 물위를 걸어와서 모건 프리먼 전담 성우 톤으로 "저를 천사라고 생각하셔도 좋고 악마라고 생각하셔도 좋습니다"라고 말하면서 그 꿈은 시작됐다. 모건 프리먼을 닮은 남자는 "실은 저는 유원지 도우미입니다"라며 말을 이었다.

그는 당신들이 사는 세상이 가상현실 유원지라고

설명했다. 〈매트릭스〉라는 영화도 있었잖습니까. 그거하고 비슷합니다. 〈매트릭스〉와 다른 점은, 이 유원지는 당신을 착취하지 않으며, 당신이 자발적으로 여기에 들어왔다는 점입니다. 밖으로 나갈 때 당신이 프랭크 시나트라의 노래 몇 구절을 흥얼거리게 만드는 게 이 유원지의 목표죠. 사랑도 했고 웃고 울기도 했는데 하여튼 충만한 삶이었다고.

그는 이 유원지의 물리법칙이 정교하다고 했다. 당신이 온 바깥 세계의 물리법칙을 그대로 구현했다고. 철학적으로 볼 때 두 세계는 모두 실재한다. 다만 당신을 포함한 방문객에게 있는 바깥 세계—'내세'라고 불러도 좋다—가 다른 팔십억 명에게는 없을 따름이다. 그 팔십억 명 역시 하나하나 당신만큼이나 주체적으로 판단하고 결단하고 고통받는 존재들이다. 인간뿐 아니라 소 십억 마리, 돼지 십억 마리, 닭 이백억 마리에게도 감각이 있고 고통을 느낀다.

현재 유원지의 방문객은 꼭 이천 명이다. 그 방문객들은 모두 선진국이라 불리는 나라에 살고 있다. 당연하다. 고통을 받기 위해 유원지에 오는 사람은 없다.

당신은 다섯 살의 나이로 지구에 왔다. 다섯 살 이전의 기억이 없는 건 그래서다. 기적의 나라 한국에 온 건 당신의 선택이었다. '점점 발전하는 사회에 살고 있다'는 감각이 유년기에 중요하리라고 본 거다. 방문객들은 자신이 주로 지낼 시간대로 대개 20세기 말이나 21세기 초를 택하는데, 당신도 그랬다. 그 즈음이 문명과 자연의 조화가 적당하다고 평가한 거다.

유원지 운영자들은 대체로 방문객들의 삶에 간여하지 않지만 아주 큰 불행은 막아준다. 복권에 당첨되게 해달라는 소원은 들어주지 않지만 암을 이겨내게 해달라는 기도는 들어주는 식이다. 당신은 그런 보살핌을 받아왔다. 그런 몇 가지 점만 제외한다면 당신이 이룬 건 모두 당신이 이룬 거다. 자부심을 가져도 좋다. 그런 안전한 자부심을 느끼러 이 유원지에 오는 거다. 유원지 운영자들은 약간의 불운과 역경은 일부러 제거하지 않는다. 방문객들이 행복과 성취감을 더 맛깔나게 느낄 수 있도록.

그래도 혹시 몰라서 유원지 운영자들은 이십 년마다 한 번씩, 1월 1일에 방문객들을 대상으로 만족도

조사를 실시한다. 유원지의 현 상태에 만족하느냐고. 아니라고 답하는 방문객이 과반수 이상이면 그들의 기억을 지우고 유원지의 상태를 이십 년 전으로 되돌린다. 당신은 그렇게 2000~2019년까지 이십 년이라는 시간을 세 번 겪었다. 완전히 지워지지 않은 찌꺼기 기억들 때문에 데자뷔 현상을 몇 번 겪기도 했다. 나중에 당신이 바깥 세계로 돌아갈 때에는 그 기억들도 함께 주어질 것이다. DVD 부록 영상처럼.

첫번째 삶에서 당신은 인구 포화 현상이 극심한 지구를 떠나 화성으로 이민을 갔다. 그곳 생활은 몹시 불편했다. 그렇다고 지구로 돌아오고 싶지도 않았다. 그래서 처음으로 맞은 2020년 1월 1일, 세상을 되돌리자는 데 한 표를 던졌다. 두번째 삶에서 로봇들이 집단 반란을 일으켰다. 어떤 이들에게는 인류와 로봇의 전쟁이 흥미진진했지만, 당신을 비롯한 방문객 대부분에게는 그렇지 않았다.

오늘이 세번째 2020년 1월 1일이야. 오늘 중에 표를 행사하랬어. 그냥 눈을 감고 '승인하겠다'고 속으로 중얼거리면 된다고 하던데. 당신이 말한다.

내일이 2000년 1월 2일이 되건, 아니면 2020년 1월 2일이 되건, 오늘 일은 앞으로 이십 년 동안은 기억이 나지 않을 거라고 했고. 배우자가 덧붙인다.

지금껏 살아왔던 세상이 시뮬레이션에 불과했다는 사실은, 의외로 충격적이지 않다. 감정이 마비된 듯하다. 어쩌면 너무 충격적인 나머지 제대로 실감하지 못하는 것인지도 모른다. 어쩌면 '이것 역시 진짜 세계'라는 남자의 말에 설득됐기 때문인지도 모른다. 어쩌면 충격을 함께 나눌 배우자가 옆에 있기 때문인지도 모른다. 어쩌면 유원지 도우미들이 당신의 뇌에 어떤 충격 완화 장치를 심어놨기 때문인지도 모른다.

당신과 배우자는 사소하다면 사소한 우연의 일치에 대해 이야기한다. 이천 명의 방문객 중 두 사람이 만나서 동거할 확률 같은 것. 그런데 모건 프리먼을 닮은 유원지 도우미는 방문객이 다른 방문객과 사랑에 빠지는 사례가 그렇게 희귀한 것은 아니라고 말했다. 방문객들은 무의식중에 자신이 이방인이며, 지구가 고향이 아님을 인지하고 자신과 같은 다른 방문객들을 어렴풋하게나마 알아보는 듯하다고. 게다가 그들은 연령대가 비슷하고, 몇몇 선진국 도시에 모여 산다.

그래서…… 어떻게 할 거야? 배우자가 묻는다. 승인할 거야?

세계의 운명 같은 걸 고민해본 적이 한 번도 없어서, 세계의 운명과 자신이 그렇게 직접적으로 연결돼 있다는 생각도 해본 적이 없어서, 당신은 그저 입을 벌린다. 어, 그게……

그저 이천 표 중 한 표를 행사할 뿐이며, 이게 세계의 존망을 결정지으라는 요구도 아니건만. 의제는 단순하다. 이대로 갈까요, 아니면 2000년부터 다시 시작할까요?

화성에서 일주일에 한 번 샤워하면서 저혈압에 시달리는 생활이나 살인 로봇들과 시가전을 벌이는 일상에 비하면 이번 세상은 꽤 살 만하지 않아? 난 괜찮은 거 같은데. 당신이 말하며 배우자의 눈치를 살핀다.

너무 섣불리 결론짓지는 말자. 오늘 자정까지는 시간이 있잖아? 한번 천천히 따져보자고. 배우자가 말한다. 그 역시 당신 눈치를 살피는 것 같다. 사실 요즘 그와 당신 사이는 예전 같지 않다. 이대로 가도 나쁘진 않지만, 2000년부터 다시 시작하는 걸 필사적으로 막아야 한다는 생각도 들지 않는다. 어쩌면 이십 년을 되돌린다 해도 당신은 운명처럼 그를 다시 만나게 될지 모른다.

얼얼하네, 얼얼해. 무슨 고약한 농담 같아. 당신과 배우자는 커피를 끓여 마신다.

지금 다른 천구백구십팔 명도 우리와 같은 꿈을 꿨단 말이지? 그리고 우리와 똑같은 문제를 고민하고 있다는 말이지? 배우자가 묻는다. 결과가 어떻게 나올까? 2000년부터 어제까지 무슨 일들이 있었지?

그만하면 나쁘지 않았잖아? 게다가 다들 큰 불행 없이 살고 있다고 했고. 2000년부터 다시 산다고 해도 이 정도 생활수준이 유지될 거라는 보장도 없잖아. 당신이 이십 년 사이에 일어났던 사건들을 생각하며 말한다.

두번째로 2020년 1월 1일을 맞았을 때, 당신은 방사능 마스크를 쓰고 인간 레지스탕스군의 지하 은신처에 숨어 있었다. 그때 2000년으로 되돌아가기를 주저 없이 선택하며 했던 생각이 떠오른다. '화성에서 고생하는 게 이거보다는 낫다.' 지금은 전혀 그렇지 않다.

최근 이십 년 사이에 시간을 되돌리고 싶다는 생각을 진지하게 한 적은 없었지, 우리는. 배우자가 말한다. 그 말이 암시하는 바를 당신은 곧 알아차린다. 남들은, 종종 그런 생각을 한다. 그것은 지금 어떤 이들의 소원이기도 하다.

당신과 배우자는 오늘중에 내려야 할 이 선택에 복잡한 윤리적 측면이 서려 있음을 서서히 깨닫는다. 9·11 테러, 이라크전, 수단 내전, 동일본 대지진, 시리아 내전, 세월호 사건, 비정규직 문제, 공장식 축산, 그 밖에 당신이 제대로 인지하지도 못한 무수한 고문과 질병과 범죄와 차별을 이미 일어났으니 어쩔 수 없는 일로 간주할 것인가? 지금 이 순간 이 세상의 불의, 타인의 고통을 당신은 어떻게 받아들여야 하는가?

이십 년 전으로 돌아가 다시 시작한다고 해서 그런 일들이 벌어지지 말라는 법은 없는데. 어쩌면 더 끔찍한 사건들이 터질지도 모르고. 배우자가 어색하게 웃으며 당신을 흘끔 쳐다본다. 당신도 어색하게 따라 웃는다. '우리 지금까지도 그런 문제는 별로 신경쓰지 않고 살았잖아?'라는 말은 차마 하지 못한다. 어제까지 그것이 당신들의 도덕적 책무가 아니었다면, 오늘도 여전히 아닌 것이다.

유원지 도우미는 분명히 이 세상이 '우리한테' 살기 좋은 곳이냐고 물은 건데. 배우자가 말한다.

그냥 좋은 세상과 우리한테 좋은 세상은 다른 건가? 당신이 말하고 웃는다. 다르다. 당신은 여태까지 그렇게 여기며 살아왔다. 그 두 세상이 제대로 충돌한 적이 없었을 뿐이다.

좀 생각을 해보자. 아직 시간이 있으니까. 당신이 말하고 배우자가 끄덕인다. 한 줄기 위안이 되는 생각이 당신 뇌리를 스친다. 당신이 어느 쪽에 투표하건, 뭐라고 결론이 나건, 내일이면 당신은 이 모든 고민을 잊으리라는 사실이다.

알골

 월면月面연합은 '고요의 바다' 전역을 폐쇄한 이유가 원자력발전소의 설비 고장으로 인해 방사능 누출 사고가 일어났기 때문이라고 발표했다. 중국령 소행성대 자치정부는 세레스에서 일어난 대규모 폭발이 운석 충돌 때문에 빚어진 것이라고 밝혔다. 화성 산업 관리 당국은 올림퍼스산 일대에서 일어난 '로봇들의 반란' 사건이 실제로는 소프트웨어 업그레이드 오류로 인한 단순 오작동으로 드러났다고 설명했다.

 십칠 년 전, 그 세 사건이 일주일 사이에 일어났다. 우주탐사 역사상 가장 피해 규모가 컸던 사고 세 건이 같은 시기에 발생했다. 그 기이한 동시성에 주목하고 입방아를 찧는 이들은 물론 있었지만, 대개는 초점이 엉뚱했다. 우주식민지 개척 주체들의 조급함과 무분별한 확장주의가 비판받았다. 진상을 정확히 아는 사람은 오십 명도 채 되지 않았다.

진상을 부분적으로나마 아는 이는 백 명 남짓 되었다. 그들은 십칠 년 동안 오백 명 내외의 연구자에게 그 진상의 일부를 제시하고 분석을 맡겼다. 연구자들은 물리학자, 뇌 과학자, 심리학자, 전파 공학자, 로봇 공학자 들이었으며, 심령술사와 초자연현상을 연구하는 사이비 과학자도 일부 있었다. 그러나 용역을 맡은 학자 대부분은 자신들이 뭘 다루는지도 몰랐다.

아주 일부만이 자신들이 어떤 현상을 분석하는지 눈치챌 수 있었다. 그들은 비밀 서약을 몇 번이나 했고, 정보기관의 감시까지 받았다. 의뢰인들은 연구자에게 연구 대상인 세 사람의 이름조차 알려주지 않았다. 연구자들이 보고서에서 그 세 사람을 언급해야 할 때에는 각각 알골 A, 알골 B, 알골 C로 지칭하게 돼 있었다. 페르세우스자리에 있는 삼중성계三重星系의 이름을 딴 것이었다.

아무도 그 코드네임의 유래를 설명하지 않았으나, 의미심장한 작명이었다. 예로부터 알골은 동양에서도 서양에서도 거대한 비극을 예고하는 별이었다. 알골이라는 이름 자체가 아랍어로 악마라는 뜻이다. 고대 중국인들은 알골을 적시성積屍星이라고도 불렀다. 알골이 나타나면 큰 재난이 벌어져 시체가 쌓이게 된다고 믿었기 때문이다.

내가 쓴 보고서는 진상을 아는 사람들의 주의를 끌었다. 그들은 내게 정보를 몇 조각 더 던져주고는 새 정보에 근거한 두번째 보고서를 요구했다. 내가 두번째 보고서를 제출하자 만나자는 제안이 왔다. 첫번째 만남은 지구의 정보기관 아지트에서, 두번째 만남은 지구궤도의 군사시설에서 있었다. 그때마다 내가 알게 되는 정보의 양도 늘어났.

알골 A, 알골 B, 알골 C는 한날한시에 출현한 초인들이라는 것. 모두 우주에서 태어난 사람들이라는 것. 그들이 처음에 힘을 억제하지 못해 달과 소행성대와 화성에서 참사를 일으켰다는 것. 자신들이 저지른 짓을 보고 놀란 그들이 스스로 힘을 봉인했다는 것. 그들은 처음 이 년 동안은 과학자들의 조사에 응했으나 어느 순간부터 거부했다는 것. 이후에 지구 연방이 '우주에서 태어나는 아이들은 심각한 기형을 갖고 태어날 가능성이 있다'는 가짜 연구 결과를 빌미로 지구 밖에서의 임신과 출산을 금지했다는 것.

여러 차례 보고서를 고치고 새로 썼다. 세번째 만남은 고요의 바다에서 가졌다. 풍화가 없는 위성의 개척 도시는 십칠 년 전과 마찬가지로 쑥대밭 같은 모습이었다. 그러나 자연방사능 외에 다른 방사능은 전혀 없었다. 나는 건물이 무너지고 철골이 뒤틀린 모양을 유심히 관찰했다.

그곳에서 이 문제에 수년간 매달려온 군인과 실무자들을 만났다. 그들은 세 초능력자를 가끔 고전문학 속의 대마법사 이름으로 불렀다. 알골 A는 프로스페로, 알골 B는 멀린, 알골 C는 메데이아였다. 초기에 쓰던 코드네임인지, 아니면 조금이나마 인간적인 느낌을 주는 애칭이 자연스럽게 생긴 것인지는 알 수 없었다. 나는 메데이아라는 이름을 듣고 알골 C가 여성 아닐까 하고 추측했다.

일부 연구자들은 달에서 사고를 일으킨 사람이 알골 A, 소행성대에서 사고를 일으킨 사람이 알골 B, 화성에서 사고를 일으킨 사람이 알골 C라고 믿는 것 같았다. 그들은 알골의 힘이 점점 강해지고 있다고 믿었는데, 내 생각은 좀 달랐다.

네번째 미팅은 화성 궤도에서 있을 거라는 통보를 받았다. 나는 장거리 여행에 대비해 갈아입을 옷과 신경안정제를 챙겼다. 핵심 관계자를 만나게 될 거라고는 예상하고 있었다. 짐작대로라면 아마도 알골 A, 알골 B, 알골 C는 화성 궤도 근처에 있을 테고, 그들의 신상 정보와 이력도 이제 알려주지 않을까 싶었다.

그러나 화성 궤도에 도착하자마자 알골 A와 알골 C를 직접 만나게 될 줄은 미처 몰랐다. 그들이 나를 초청했다는 사실도 화성으로 가는 길에 뒤늦게 알게 되었다. 그들도 나만큼이나 자신들이 어떤 존재인지 궁금했던 것이다.

지구에서 화성 궤도까지는 보름가량 걸렸다. 마침

화성이 지구에 근접해 있었고, 나는 여객선 대신 군함을 타고 갔다. 크기는 작은데 엔진이 마흔두 개나 달린 배였다.

다른 승무원들 앞에서 침착하게 보이려 애썼지만 잘되지 않았다. 나는 알골들에게 단순히 호기심이라고 하기에는 너무나 격렬한 감정을 품고 있었다. 그들은 문자 그대로 신인류였고, 새로운 세계의 문이었다. 나는 흥분을 가라앉히기 위해 평소보다 신경안정제를 자주 복용해야 했다.

우주선이 화성 근처에 이르렀을 때에는 정해진 수면 시간을 거의 뜬눈으로 보냈다. 잠깐 눈을 붙였을 때는 악몽을 꾸었다. 오랫동안 잊고 있었던 사고의 기억이 꿈속에서 되살아났다. 바다와 구분되지 않는 하늘, 안개 자욱한 길, 줄지어 선 자동차, 옆으로 번지는 후미등의 붉은 조명.

그리고 갑자기 모든 것이 엉망진창으로 흔들리고 솟구친다……

"안색이 안 좋으신데요, 교수님. 우주 멀미 때문이라면 약을 드릴까요?"

선교船橋에 들어선 나를 보고 선장이 말을 붙였다. 나는 괜찮다고 대답했다. 그리고 나는 교수도, 박사도 아니라고 덧붙였다. 내가 연구하는 분야를 다른 사람들은 사이비 과학이라고 부른다고. 선장은 한쪽 눈썹을 조금 치켜올렸다. 반대편 얼굴에는 눈 대신 고배율 카메라가 달려 있었다.

"보통은 그런 직함이 없어도 다들 스스로를 교수나 박사라고 지칭하잖습니까?"

선장은 '특히 그 분야에서는 말이죠'라는 말을 참는 듯했다.

"저는 아닙니다. 황당무계한 일을 취재하고 글을 쓰는 것은 저술의 자유이지만 학위 소지자인 척하면 사기가 되지요."

"그러면 제가 뭐라고 불러드리면 좋을까요? 독립 연구자? 재야 과학자?"

"책을 몇 권 내긴 했으니 그냥 작가라고 불러주시면 감사하겠습니다."

그 대화로 선장은 내게 호감을 품게 된 것 같았다. 이전까지 우리가 대화를 나눈 적은 거의 없었다.

"저희는 포보스로 가나요? 아니면 데이모스? 이제 말씀해주셔도 괜찮지 않습니까?"

내가 물었다.

"왜 화성에 간다는 생각은 안 하시죠?"

선장이 빙그레 웃으며 반문했다.

"행성에 착륙할 때 이런 각도로 진입하지 않는다는 정도는 알고 있습니다. 게다가 그런 극비 시설이라면 화성 표면보다는 위성에 지었을 것 같아서요."

"저희가 정부 시설로 간다고 생각하시는군요."

"제가 뭔가를 잘못 알았나요?"

"이제부터 좀 놀라실 겁니다."

선장은 턱으로 전면 유리창을 보라는 시늉을 했다. 나는 잠자코 어떤 변화가 있기를 기다렸다. 이 분 정도 지나자 갑자기 우주선 앞 풍경이 달라졌다. 어느 순간 미사일 한 무더기가 나타났는데, 마치 순간 이동이라도 한 것 같았다.

"이게 뭡니까?"

어안이 벙벙해진 내가 물었다.

"제가 직관적으로 이해하는 바를 말씀드리자면, 꼭

포보스가 두 개 있는 것 같습니다. 우리가 다 아는 그 화성의 위성 외에, 십오 년 전에 새 포보스가 생겨난 겁니다. 그리고 그 두 포보스가 한 공간에 중첩되어 있는 것 같아요. 새로운 포보스는 우주선을 타고 특정 각도로 일정 거리 안에 접근해야만 볼 수 있죠. 포보스는 공전주기가 여덟 시간도 되지 않기 때문에 쉽지 않은 일입니다. 우리는 새 포보스를 없애려고 핵미사일을 여러 기 쏘았어요. 그런데 미사일들이 저기서 멈췄습니다. 그리고 저렇게 계속 포보스 주변에 떠 있죠. 저 미사일들은 물리법칙을 완전히 무시하고 있어요. 일정 거리 바깥에서는 보이지도 않고 탐지되지도 않습니다. 저 정도의 질량을 가진 물건이 초속 수십 킬로미터로 날아가다가 갑자기 정지한다는 것도 불가능하고, 저 위치에서 저렇게 계속 멈춰 있는 것도 말이 안 됩니다. 정지위성이라면 포보스 주변을 돌아야죠."

"저기에 알골들이 있는 겁니까? 선장님 표현에 따르면 '새 포보스'에?"

"예."

"핵미사일은 그들을 죽이려고 쏜 거군요?"

선장은 잠시 망설이다가 "그렇겠지요"라고 시인했다.

'정말 결계 같군.'

나는 생각했다. 안에 있는 것을 감추고, 보호한다.

"저는 저자들이 자기 힘을 과시하고 있다고 봅니다. 미사일을 폭파시키거나 없앨 수 있을 텐데 저렇게 놔두는 이유가 뭐겠습니까? 우리는 이런 것도 할 수 있다고 보여주려는 의도 아니겠습니까."

선장이 말했다. 나는 그 의견에 완전히 동의하지는 않았다. 알골들의 힘은 이해하기 어려운 측면이 많았다. 결코 전능하지 않으며, 나름대로 한계가 있다는 사실은 분명하다. 무슨 일이든 할 수 있다면 이런 여행도 불필요하다. 자신들이 있는 곳으로 나를 순간 이동시켜서 데려가면 된다.

"아마 효과는 없을 테지만……"

'새 포보스'에 가까워지자 선장이 내게 작은 상자를 내밀었다. 열어보니 콘택트렌즈 한 쌍이 들어 있었다.

"이게 뭡니까?"

"착용하십시오. 안에 카메라가 있습니다. 작가님이 저기서 보실 광경을 저희한테 전송해줄 물건입니다."

"마이크도 있어야 하는 거 아닙니까? 알골들이 뭐라고 말하는지 들으셔야죠."

렌즈를 끼며 내가 물었다.

"마이크는 이미 작가님 몸안에 있습니다. 두 시간 전에 드신 식사에 들어 있었습니다."

그 말에 나는 유난히 꼬챙이가 날카로웠던 산적 요리를 떠올렸다. 맛은 좋았는데.

우주선은 포보스에 착륙하지 않았다. 전면 유리창에 화성이 꽉 들어차 다른 건 보이지 않게 됐을 때, 선장은 내게 갑판으로 올라가라고 지시했다. 나는 거기서 로봇의 도움을 받아 우주복을 입었다.

해치가 열릴 때 나는 잔뜩 겁을 집어먹은 채 떨고 있었다. 우주복 차림으로 우주에 나가는 건 처음이었다. 머리 위로 붉은 땅과 감자 같은 위성이 보였고, 나는 위아래가 뒤집혔다는 생각을 내내 떨치지 못했다. 내 숨소리가 너무 크게 들려서 이러다 과호흡증후군이 오는 것 아닐까 걱정이 되었다.

"그들이 잘 모시고 갈 겁니다."

선장이 무선통신으로 말했다.

"돌아갈 때는 어떻게 해야 하는 겁니까?"

내가 물었다. 선장은 답하지 않았다. 혹시 이전에 알골들을 만났던 방문객들 중 아무도 돌아오지 못한 것 아닐까? 혹시 새 포보스에 가는 외부인은 내가 처음인 것 아닐까? 혹시 나는 일종의 미끼이거나 제물……

그때 발판이 나를 부드럽게 위로 띄워 올렸다.

난생처음 해보는 우주 유영은 예상보다 훨씬 괜찮았다. 나는 잘 포장된 길에서 자전거를 타고 상쾌하게 달리는 속도로 포보스로 나아갔다. 흔들림은 전혀 없었고, 보이지 않는 손이 강하지도 약하지도 않게 나를 붙드는 듯한 기분이 들었다. 그게 아마 알골들의 염력일 거라고 나는 생각했다.

포보스 표면에 남녀 한 쌍이 서 있었다. 그들은 맵시 있는 평상복 차림에, 아무런 보호 장비도 착용하지 않은 상태였다. 나는 포보스에 천천히 내려선 뒤에야 그곳의 중력이 1G임을 알았다.

인사말을 건네기도 전에 여자가 내 우주복의 감압 버튼을 누르고 헬멧을 벗겨냈다. 공기가 있을 거라고는 짐작하고 있었지만 그래도 나는 숨을 한번 들이켰다.

"팬이에요."

젊은 여자가 말했다.

"저희 모두 작가님의 팬입니다."

삼십대 중반 정도로 보이는 남자가 인사했다.

내 경험으로는, 첫 만남에서 팬이라고 말하는 사람 중 실제로 내 책을 읽어본 이는 다섯 명 중 한 명도 되지 않는다. 나는 어색하게 고개를 숙이고, 어색하게 우주복을 벗었다. 우주복을 벗고 나니 그들과 나의 옷차림새가 더 비교되었다. 나는 주머니가 잔뜩 달린 멜빵바지 차림이었다. 우주선 안에서 입던 작업복이었다.

포보스의 지면은 회색이었고, 반질반질하다는 느낌이 들었다. 곳곳에 가로등 같은 조명 시설이 세워져 있었다. 그런 조명등이 거의 지평선까지 이어져 있어서, 마치 밤의 비행장 활주로에 몰래 들어온 듯한 느낌이었다. 그러나 진짜 포보스도 이렇게 생겼는지는 확신할 수 없었다. 이곳에는 진짜 포보스에는 절대로 없을 두터운 대기와 강한 중력이 있다.

"저를 프로스페로, 이 친구를 메데이아라고 불러주

십시오. 저희 본명을 밝히지 못해 죄송합니다. 본명이 알려지면 가족과 친구들이 정부의 인질로 잡히지 않을까 염려되어서요. 그래서 외모도 크게 바꿨습니다."

남자가 말했다. 나는 그제야 정부가 알골들의 신상 명세를 제공하지 않은 이유를 알게 되었다. 정부는 그 정보를 아예 몰랐던 것이다.

"외모를 바꾼다고 지문이나 유전자 감식 같은 것도 피할 수 있습니까?"

"그런 것들도 바꿨습니다."

프로스페로가 대답했다. 그는 눈을 가늘게 떴다. 내 반응을 가늠하려는 것이었을까?

"멀린은 어디 있나요?"

내가 애써 침착한 목소리로 물었다. 내 말에 프로스페로와 메데이아는 서로 얼굴을 마주보았다.

"멀린은 잠을 자고 있어요."

메데이아가 말했다.

"지구 기준으로 사백사 시간째 자고 있죠. 십육 일이 넘네요. 이미 아시겠지만, 저희는 생리적인 문제에 그다지 연연하지 않습니다. 하지만 멀린도 잠이 들기 전에 작가님의 가설을 읽고 무척 흥미로워했습니다."

프로스페로가 말했다.

"저는 일주일째 잠을 자지 않았어요. 잠을 자면 자꾸 악몽을 꿔서요. 프로스페로도 그래요."

메데이아가 말했다.

"저는 그래서 자는 대신 명상을 하곤 합니다. 어제는 참고래에 대해 깊이 생각했죠. 그런데 여기서 이럴 게 아니라, 실내로 들어가서 차라도 한잔 드시면 어떻겠습니까? 궁금한 게 많습니다. 작가님도 저희에게 궁금한 게 많으실 테죠. 참, 불편하시면 눈에서 콘택트렌즈는 빼셔도 괜찮습니다. 어차피 작동하지 않으니까요."

프로스페로가 제안했다.

"한 세기쯤 전에 멸종한 동물이죠. 수가 급격히 줄어든 걸 인간들이 뒤늦게 깨닫고 보호하려 했지만 소용없었습니다. 그 종이 지구에 나타나 번성하다가 사라지는 과정을 머릿속으로 그렸습니다."

로봇 하인이 찻물을 끓이는 동안 프로스페로는 설

명을 하면서 공중에 작은 참고래 모형을 만들어 보였다. 홀로그램처럼 보였지만 홀로그램이 아니었다. 그가 생각만으로 만들어낸 실체였다. 작은 참고래는 그의 머리 주변에서 헤엄을 치다가 흐릿해지더니 사라졌다.

우리는 프로스페로의 집이자 연구실에 와 있었다. 우주식민지의 조립형 주택보다는 지구에 있는 리조트 호텔에 훨씬 더 가까운 공간이었다. 마음만 먹는다면 이곳에 자금성이나 피라미드를 복제할 수도 있을 터였다. 나는 이 집도 저 로봇 하인과 마찬가지 용도가 아닐까 생각했다. 방문자를 놀라게 하지 않기 위한, 관습적인 장치.

"하루종일 참고래 생각만 했단 말입니까?"

"저희는 시간이 많습니다. 이곳에 갇힌 죄수 신세죠. 제 발로 걸어 들어왔다는 점이 다를 뿐."

"작가님의 보고서들을 보고 놀랐어요. 저희를 전부터 알고 있던 사람이 일부러 모르는 척하고 쓴 것 같았죠. 특히 첫 보고서요. 저희의 관계를 어떻게 맞히셨죠?"

메데이아가 말했다.

"보고서에 쓴 대로입니다. 논리적으로 치밀한 추론은 아니었습니다. 기이한 일이 동시에 세 곳에서 벌어졌다, 그건 굉장히 가능성이 적은 일이다, 그러므로 그 세 사건의 직접적인 원인이 같은 것일 수도 있다, 어떤 방아쇠가 있는 것이다…… 물론 가능성이 아주 희박한 우연일 수도 있죠. 하지만 저는 단정과 비약이 필요하다고 봤습니다. 어떤 각성의 순간이 있었고, 그때 사고가 터졌는데, 그건 그 시점에 사고 주체들에게 통제력이 없었다는 뜻입니다. 그런데 이후로는 십칠 년이나 조용하죠. 정부가 상황을 잘 관리하고 있거나, 아니면 십칠 년 전 사고를 낸 당사자들이 자제력을 갖췄기 때문이겠죠. 전자는 아닐 것 같고, 후자를 좀더 파고들면 세 초인이 각자 힘을 참고 있는 게 아니라 서로 합쳐져서 맞물린 결과가 힘을 못 쓰게 만들었거나, 적어도 폭주를 막고 있다고 봤습니다."

나는 그렇게 대답했다.

"전에 저희가 외계 바이러스에 감염됐다고 주장한 연구자가 있었죠. 그 이론도 세 사건의 연관성을 낮은

수준에서 설명합니다. 하지만 바이러스에 감염된 사람이 왜 거의 같은 시기에 발병한 건지 설명하려면 결국 우연이라는 개념을 가져올 수밖에 없습니다."

"바이러스 이론은 우리 세 사람이 모여 있을 때 왜 힘의 양상이 달라지는지도 설명하지 못하죠."

프로스페로에 이어 메데이아가 말했다.

"하지만 저희를 각각 발열자, 냉각자, 회전자로 분류하신 것은 잘 납득이 안 갑니다. 그 이론에 따르면 제가 회전자가 되는 셈인데……"

"그건 그냥 문학적 비유일 뿐이었습니다. 세 사람의 힘이 모여서 어떻게 하나의 엔진처럼 작동하는지를 설명하려고 예를 든 거예요. 피스톤, 크랭크, 실린더, 아니면 사법부, 행정부, 입법부. 뭐라고 불러도 상관없습니다. 원하신다면 성부, 성자, 성령도 좋습니다. 세 사람의 의견이 같으면 굉장히 강력한 힘을 낼 수 있습니다. 한 사람의 힘과는 비교도 안 되는. 이때 서로 역할은 다르죠. 그러나 다른 사람의 동의가 따르지 않는 한 개인의 순간적인 욕구는 현실 조작 능력으로 이어지지 않습니다. 그래서 파괴적인 충동이 일어도 그게 현실이 될 걱정은 하지 않아도 되죠."

"저는 냉각자라는 단어가 마음에 들어요. 에어컨디셔너 부품이 된 거 같은 기분도 약간 들지만."

메데이아가 미소를 지었다.

"저도 문학적 비유를 하나 들어도 될까요. 저는 저희들이 서로 발을 묶어놓은 몽유병 환자들 같다는 생각을 종종 합니다. 중증 몽유병 환자들은 잠을 자면서 일어나 걷고 말하고 운전을 하고 심지어 범죄를 저지르기도 합니다. 다만 몽유병 환자가 행동을 억제하고 싶을 땐 자기 몸을 침대에 묶어놓으면 그만이지만, 저희는 다른 알골이 없으면 저희 의식을 어딘가에 묶을 수가 없습니다."

프로스페로가 말했다.

"참고래 형상을 만드는 데에도 일일이 다른 두 분의 동의를 받아야 하나요?"

내가 물었다.

"아니오. 그 정도는 아닙니다. 그건 그냥 자면서 잠꼬대를 하거나 팔을 흔드는 정도에 불과합니다."

"의식이 다른 사람과 묶여 있다는 기분이 갑갑하진

않습니까?"

"갑갑합니다. 하지만 어쩔 수 없습니다. 그게 다른 사람들을 보호하는 유일한 방법이니까요. 우리가 인간으로서 살 수 있는 유일한 길이니까요."

프로스페로가 말했다.

"가족이 있으십니까?"

프로스페로의 목소리가 조금 갈라졌다.

"부모님께서 교통사고로 돌아가셨습니다. 같은 차에 타고 있었는데, 저는 조금도 다치지 않았고 두 분만 돌아가셨어요. 안개 때문에 도로에서 다중추돌 사고가 났습니다. 아직도 그 꿈을 가끔 꿉니다. 꽤 큰 사고였어요."

내가 대답했다.

"저는 아이와 아내를 잃었습니다."

프로스페로가 말했다.

"각성했을 때의 사고로요?"

내가 묻자 그는 고개를 끄덕였다. 그가 실제로는 몇 살일지 궁금했다. 직업은 뭐였을까? 금욕적이면서 카리스마가 있는 직업이라…… 인문학 교수? 성직자? 군인?

"저는 여동생과 친구들을 잃었어요. 제가 그런 일을 또 저지를 수 있다는 사실이 두렵고 혼란스러웠어요. 뭘 어떻게 해야 할지 몰랐어요. 그때 프로스페로가 와서 저에게 텔레파시로 말을 걸었어요. 멀린이 합류한 건 그 직후였고요."

메데이아가 말했다.

"지금 멀린과 저는 십대 아들과 아버지 같은 관계죠. 많이 답답할 겁니다. 외딴 곳에 감금된 신세이니…… 그러나 여기를 벗어나면 안전하지 않습니다. 멀린에게도, 세상에게도. 멀린도 그 사실을 알고 있습니다."

"엄청난 희생이고, 쉽지 않은 결정이었을 것 같습니다."

마치 불을 일으키는 법을 발견한 첫번째 인류가 주변 원인原人들에게 '우리가 이걸로 당신들을 멸종시킬 수도 있다'며 부싯돌을 맡긴 것과 비슷한 일이었다. 내가 그렇게 말했더니 프로스페로는 씁쓸하게 웃었다.

"가장 먼저 불을 일으키는 법을 발견한 선조는 그 발견이 세계를 얼마나 바꿀지까지는 몰랐겠죠. 하지만 저희는 저희의 힘이 지닌 파괴력을 알고 있습니다. 그리고 그 힘 이전의 세계를 사랑하고요."

"지금의 결과에 만족하시나요?"

"처음 정부에 저희의 존재를 알린 건 그게 옳다고 믿었고, 어쩌면 다른 사람들과 어울려 살 수 있는 방법을 과학자들이 찾아줄 수도 있다고 기대했기 때문입니다. 그런데 그치들은 저희를 무슨 실험실 동물처럼 다루더군요. 이 년을 못 버티고 빠져나왔습니다. 그때 약간 물리적 충돌이 있었지요. 그뒤로 포보스에 자리를 잡았습니다. 오시는 길에 핵미사일을 여러 기 보셨을 겁니다. 그게 정부의 대응이었고요. 지금은 묘한 대치 상태입니다. 저희는 흩어지면 약해집니다. 한 개인으로서 발휘할 수 있는 현실 조작 능력은 단순한 염동력念動力들입니다. 정부 입장에서는 골치 아픈 신종 테러리스트 같겠지만, 제압하지 못할 정도는 아닐 겁니다. 그러나 셋이 모이면 현재의 어떤 무기 체계도 뛰어넘는 존재가 됩니다. 이곳은 요새이자 감옥이죠.

여기에선 붙잡혀 생체 실험을 당할 걱정 없이 자유롭게 지낼 수 있습니다. 하지만 그것밖에 못하죠. 솔직히 이제는 이 상황을 어떻게 헤쳐나가야 할지 잘 모르겠습니다. 정부도 그런 것 같아요."

"세 사람이 함께 밖으로 나간다는 생각은 안 해보셨습니까?"

"해봤죠. 그런데 어디로 간단 말입니까?"

"글쎄요. 태양계 외곽이라든가."

"해왕성에서 장염에 걸리면 어떻게 하지요? 그런 문제는 현실 조작 능력으로 해결이 되지 않더군요. 저희는 늙으면 어떻게 되는 걸까요? 명왕성에서 갑자기 현실 조작 능력이 사라지면 어떻게 해야 할까요? 그리고 저희도 새로 나온 책을 읽거나 영화를 보고 싶고 지구 소식도 듣고 싶습니다. 포보스에 자리를 잡은 것은 그런 문제 때문이기도 합니다."

"지구 어딘가에 숨는 건요? 정부의 추적을 따돌릴 수 있지 않을까요?"

"그건 가능할 수도 있다고 봐요."

메데이아가 끼어들었다.

그러나 프로스페로는 고개를 저었다.

"쉽지 않을 겁니다. 포보스에서 빠져나가는 데 성공한다 해도 어딘가에서 현실 조작 능력을 쓰면 주변 사람들의 이목을 끌 거고요. 무엇보다 저는 아직도 희망을 품고 있습니다. 정부의 과학자들이 우리가 다른 사람과 평화롭게 공존할 수 있는 법을 찾아낼지 모른다는. 저희가 여기서 사라진다면 작가님 같은 분의 연구 보고서를 앞으로 어떻게 받아보겠습니까?"

"그 문제에 있어서만큼은 저나 멀린은 프로스페로보다 훨씬 더 비관적이에요."

메데이아가 한숨을 쉬었다.

"다른 알골들이 있을 거라는 생각은 안 해보셨습니까?"

내가 물었다.

"물론 해봤고, 정부에서도 눈에 불을 켜고 찾고 있을 테죠. 그런데 이렇게 안 나오는 걸 보면 어쩌면 저희 셋이 전부인지도 모르겠습니다. 만약 있다면 지구에 있을 테죠. 지구에서라면 자기 통제력 없는 알골이 현실 조작 능력으로 사고를 쳐도 자연재해 같은 거라고 착각하기 좋으니까요."

그때 멀린이 잠에서 깨어났다.

프로스페로와 메데이아는 멀린이 눈을 떴음을 바로 알았다. 등이 가렵다든가, 발에 쥐가 났다든가 하는 것처럼 자연스러운 감각이었다.

나 역시 멀린이 눈을 떴다는 사실을 그들만큼 자연스럽게 알아차렸다. 확실히 다른 알골들과 함께 있으면 능력이 증폭되는 모양이었다.

"당신……"

프로스페로가 놀란 눈으로 나를 쳐다봤다.

"각성의 시기에 저는 대형 교통사고를 일으켰죠. 오십중 추돌 사고였어요. 그런데 경찰에서는 그게 안개 때문이었다고 하고, 자동차 회사에서는 자율운행차를 이용하지 않고 순수 운전을 고집한 몰지각한 운전자 때문이라고 하고, 정신과 의사는 아무튼 절대 제 탓은 아니라고 하더군요. 저도 한동안은 그 말을 믿었는데, 아무래도 뭔가 이상해서 방황하다 저와 비슷한 사람들을 찾아다니게 됐습니다. 그러다 초자연현상 전문

르포 작가가 됐죠."

내가 말했다.

"어떻게 버틸 수 있었죠?"

메데이아가 물었다.

"신경안정제를 매일 한 움큼씩 먹었어요."

내가 대답했다.

"이렇게 반가울 데가! 오늘밤에 저희가 함께 나눌 이야기가 정말 많겠군요. 멀린도 부르겠습니다."

프로스페로가 말했다.

사실 멀린은 그 순간 내가 있는 곳으로 빠르게 날아오는 중이었다. 그리고 나는 멀린과 텔레파시로 이미 많은 이야기를 나눈 상태였다. 누군가와 텔레파시로 대화하는 것은 처음이라 내가 좀 서툴긴 했지만 말이다. 멀린은 내 계획에 찬성했다.

나는 메데이아에게도 말을 걸었다. 그녀는 자유를 향한 갈망만큼이나, 악몽에서 벗어날 수 있다는 가능성에 마음이 크게 흔들렸다. 나는 그녀의 악몽이 죄책감 때문이라기보다는 이곳의 결계 때문에 발생하는 거라고 생각했다. 내 경우가 그랬다. 지구에서 간혹 꾼

꿈과 결계 근처에서 생생하게 겪은 악몽은 확연히 달랐다.

그러나 메데이아는 명확히 자기 입장을 결정하지는 않았다. 삼 대 일, 어쩌면 이 대 이였다.

멀린은 리조트 호텔처럼 생긴 건물의 한쪽 벽을 부수고 들어와 프로스페로에게 돌진했다. 멀린은 탄탄한 몸집의 이십대 초반 남성으로 보였다.

"또!"

프로스페로가 얼굴을 찡그리며 소리쳤다.

멀린의 몸이 공중에서 멈췄다. 두 알골 사이의 공간이 이지러지는 것이 보였다. 메데이아가 흘끔 내 눈치를 살폈다.

염동력으로 개입할 생각은 없었다. 대신에 나는 멜빵바지의 앞주머니에서 유난히 끝이 날카로운 꼬챙이를 꺼내들었다. 우주선에서 마지막으로 먹은, 맛이 꽤 괜찮았던 산적 요리에 쓰인 꼬챙이였다. 나는 그걸로 프로스페로의 목을 두 번 찔렀다.

일그러졌던 공간이 다시 원래대로 회복되었다. 멀린은 천천히 땅으로 내려왔다.

'죽었어?'

메데이아가 텔레파시로 물었다.

'거의.'

내가 텔레파시로 대답했다. 프로스페로는 오른손으로 목을 쥐고 있었는데, 숨을 내쉴 때마다 손가락 사이로 피가 엄청나게 흘러나왔다. 눈은 엉뚱한 곳을 향해 있었다.

'참고래 꿈이라도 꾸는 것 같네.'

멀린이 텔레파시로 말했다.

'이제 어떻게 하지?'

메데이아가 물었다.

'일단 이 지긋지긋한 곳에서 벗어나자. 나가서 무슨 일이든 저지르자.'

멀린이 대답했다.

나는 그 말이 프로스페로의 연설보다 훨씬 더 인간적으로 느껴졌다. 니체가 그 비슷한 주장을 하지 않았던가?

내가 얼굴과 몸과 지문과 유전자를 새로 구성하는 동안 멀린이 옆에서 물었다. 이름은 어떻게 할 거냐고.

나는 그들의 전통에 따라 문학작품 속 위대한 마법사의 이름을 따올 생각이었다.

오베론, 간달프, 게드…… 적당한 명칭을 찾다가 나는 프로스페로라는 이름이 얼마나 오만한 것이었는지 새삼 깨달았다. 어쩌면 그는 내심 다른 두 알골을 자기가 지배할 수 있는 괴물이나 말썽꾸러기 요정 정도로 여겼던 것 아닐까.

그 순간 짧지만 생생한 광경이 눈앞에 펼쳐졌다가 사라졌다. 내가 아는 지구의 도시를 상공에서 내려다본 모습이었다. 안개로 덮인 길에 자동차가 줄지어 서 있었고 도로에는 시체들이 쌓여 있었다. 그 위로 멀린과 메데이아와 내가 날아갔다.

이게 뭐지?

멀린과 메데이아가 보낸 텔레파시가 아닌 건 분명했다. 두 사람은 나를 물끄러미 바라보고 있었다. 갑작스러운 힘을 얻은 뇌가 혼란에 빠져 일으킨 의미 없는 백일몽인가? 아니면 내게 어떤 비전이 생긴 것일까? 예지력일까?

혹시 프로스페로도 이 광경을 봤던 걸까?

혹시 이게 프로스페로가 죽어가면서 보내는 메시지일까?

아무려면 어때. 나는 입술을 깨물었다. 우리는 이미 태어났고 세계는 이제……

'적당한 이름이 생각 안 나? 내가 대신 지어줄까?'

성미 급한 멀린이 물었다.

'지금 막 좋은 아이디어가 떠올랐어.'

내가 대꾸했다.

'뭔데?'

메데이아가 물었다.

'볼드모트 어때?'

내가 대답했다.

마침내, 종말을 사랑하고

'다들 잘 지내고 계신가요. 우주선이 떠난 지도 일주일이 지났네요. 여가를 함께 보내실 분은 오늘 저녁 여덟시에 지하 카페테리아에서 뵈어요.'

여러 가지 언어로 그런 문구가 인쇄된 쪽지가 과학자 숙소 동 복도 곳곳에 붙어 있었다. 쪽지를 읽고 한국어로는 '여가', 영어로는 'free time'인 그 단어에 대해 세은은 한참 생각했다. 일주일 전부터 세은의 삶에는 갑자기 여가가 넘치게 되었다. 그 진 일 년간은 하루에 단 오 분의 여유도 없었다. 세은은 자신이 지금 이런 급격한 변화를 제대로 소화하고 있는지조차 자신할 수 없었고, 자신처럼 여가가 갑자기 넘치게 된 다른 사십여 명은 어떻게 지내고 있는지 궁금했다.

소행성이 지구에 충돌한다는 사실, 그리고 그걸 막을 수 있는 기술이 없다는 사실을 인류는 너무 늦게 깨달았다. 군인과 과학자, 기술자 들이 모여 우주선 발사 기지와 우주사령부를 만들어 지구 탈출용 우주선을 건설했는데, 세은도 그중 한 명이었다.

우주선에 타지 못하게 된 사람들은 폭도로 변해 기지를 습격했다. 폭도들은 다 만들어놓은 우주선을 파괴했지만, 과학자와 기술자들은 파괴된 우주선의 부품들로 새 우주선을 건설했다. 다만 정원은 크게 줄일 수밖에 없었다. 오천 명에서 천이백팔십삼 명으로. 당초 탑승을 약속받았던 사람들 중 삼천칠백십칠 명은 우주선에 탈 수 없게 됐다는 얘기였다.

우주사령부와 발사 기지 측은 제비뽑기로 탑승자를 결정하자고 제안했다. 그러는 동시에 우주선 탑승권 양보를 권장하는 캠페인을 벌였다. 캠페인의 성과는 좋지 않아서, 우주선을 탈 권리를 포기한 군인이나 과학자, 기술자는 오십 명도 채 되지 않았다. 세은이 그

중 한 명이었다.

우주사령부측은 남겨질 사람들에게 소행성이 충돌할 때까지 여유 있게 생활할 수 있는 물자와 존엄사 키트를 제공하겠다고 약속했다. 그게 어떤 방식으로 이루어지는지, 세은은 우주선 출발 사흘 전에야 알게 됐다. 우주사령부 직원들이 세은의 방에 와서 한 달치 식자재가 든 대형 냉장고를 설치하고 간 것이다.

"어, 식당 같은 걸 운영하는 게 아닌가요?"

세은이 묻자 직원 중 한 사람이 대답했다.

"그걸 누가 운영합니까? 선생님들을 제외하면 발사기지에 남는 사람이 없습니다."

존엄사 키트라는 것은 더 단출했다. 파란색 알약 두 알이었다.

"두 알을 다 먹어야 하나요?"

세은이 묻자 우주사령부의 의사가 대답했다.

"아니요, 한 알만 먹어도 충분합니다. 아무 고통도 없을 겁니다."

"그러면 왜 두 알을 주는 거죠?"

"그냥 예비용입니다."

의사는 자기 설명이 조리에 맞지 않는다는 걸 알고 있었지만, 그에 대해 고민하지 않기로 입장을 정한 것 같았다. 그는 할일이 많았다. 우주사령부의 태도도 그와 같았다. 그들에게는 할일이 많았다. 그들에게는 준비해야 할 미래가 있었고, 남기로 한 사람들에게는 그런 게 없었다.

그럼에도 세은은 우주사령부의 조치 중 한 가지만큼은 납득할 수 없었다. 우주사령부는 그녀에게 발사 기지에 남기로 한 사람들의 명단과 연락처 일체를 제공할 수 없다고 했다. 개인정보라면서.

"그러면 당신들이 떠난 뒤 죽을 때까지 혼자 시간을 보내란 말인가요?"

만날 수 있는 가장 고위직 간부에게 세은은 그렇게 항의했다. 상대도 세은의 말에 일리가 있다고 여기는 표정이었다. 그는 자신이 개인적으로라도 그 명단을 구해주겠다고 약속했다. 그러나 그 이후로 세은은 그에게서 어떤 연락도 받지 못했다.

발사 기지 거주자들이 쓰던 인트라넷 게시판은 접속이 되지 않았다. 아마도 서버를 통째로 우주선에 실어간 듯했다.

세은은 숙소 동 옥상에서 우주선이 떠나는 모습을 보았다. 우주선이 떠나는 모습을 보고 싶기도 했고 다른 '남은 사람들'이 올라오지 않을까 하는 기대도 있었다. 헛된 바람이었다. 우주선의 모습이 완전히 사라지고 해가 진 뒤 세은은 전동 휠체어를 타고 홀로 방으로 내려와 조용히 파스타를 만들어 먹고 설거지를 했다. 다행히 전기와 수도는 멀쩡했다.

주로 노인들이 탑승권을 양보한 모양이야. 아니면 삶에 희망을 품지 않은 우울한 사람들이거나. 그런 사람들은 다른 사람과 어울리고 싶어하지 않겠지. 어쩌면 우주선이 떠나는 순간에 다들 알약을 삼켰는지도 몰라. 여기서 한 달을 더 살아봤자 무슨 의미가 있겠어. 세은은 그렇게 생각했다. 우주선 탑승자 추첨을 시작하기도 전에 무정자증인 군인이 방에서 목을 매 자살했다는 우울한 뉴스도 기억났다.

그래서 '여가를 함께 보내자'는 제안이 담긴 쪽지를 봤을 때 세은은 놀라고 당황했으며, 당연히 기뻤다. 공들여 목욕을 하고, 가장 예쁜 옷을 입고, 화장을 하고, 머리를 다듬었다. 거울을 보며 스스로에게 심술궂은 농담을 던지기도 했다. '상대가 누군지도 모르잖아, 변태성욕자가 나올 수도 있다고' 같은. 떨리는 가슴을 가라앉히기 위해서였다.

세은은 오후 일곱시 반에 지하 카페테리아로 내려갔다. 휠체어에 탄 자신을 보고 상대가 실망하지 않으면 좋겠다고 생각했다. 실망하더라도, 그런 표정을 드러내지 않기를 바랐다. 기왕이면 상대가 스포츠광보다는 예술 애호가이길 바랐다. 그러다가 변태성욕자만 아니면 된다고 다시 생각을 고쳤다.

오후 일곱시 사십분에 지하 카페테리아로 내려온 인물은 세은이 아는 사람이었다.

"메이블 중사?"

"세은 박사님?"

메이블은 우주사령부 시설대대 유지보수팀 소속 군인으로, 세은의 연구실이 있던 건물의 조명 시설이나 위생 시설 관리 담당자였다. 형광등이 고장나거나 변기가 막혔을 때 세은의 팀원들이 수리를 요청하면 장비를 들고 나타나는 사람이었다. 서로 이름을 알고, 마주치면 눈인사를 나누고, 농담을 주고받은 적도 분명히 있지만 친하다고 할 수는 없는 사이였다. 서로 속한 세계가 너무 달랐다.

두 여성은 반가움을 감추지 못하며 한참 수다를 떨었다. 나는 당신이 당연히 우주선에 오른 줄 알았다, 우주선 이륙하는 거 봤느냐, 그 이후에 어떻게 지냈느냐, 어떻게 쪽지를 붙일 생각을 했느냐, 우주사령부 놈들 이렇게 떠나버리다니 너무 무책임하지 않느냐, 나한테는 대형 냉장고 하나와 라면 박스, 그리고 알약 두 알밖에 주지 않았는데 당신한테도 마찬가지였냐, 다른 사람들은 어떻게 됐는지 아느냐……

시간 가는 줄 모르고 이야기를 나누다가 어느덧 여덟시 십오분이나 된 것을 알게 되었다.

"다른 사람은 안 오나보네요."

메이블이 대수롭지 않다는 듯 가볍게 말하고 어깨를 한번 으쓱했다.

"다들 아마……"

세은이 말을 멈췄다. 메이블이 장난스러운 표정을 지으며 복싱 자세를 취하더니 천천히 주먹을 날리는 시늉을 했다. 메이블은 세은의 빗장뼈를 부드럽게 치고 주먹을 재빨리 뺐다. 그러더니, 검지손가락을 펴서 제 입술에 댔다. 우울한 이야기는 하지 말자는 뜻인 것 같았다. 표정도, 동작도 풍부한 사람이었다. 세은은 그녀가 눈알을 굴리는 모습을 보며 웃음을 터뜨렸다.

"그런데 박사님, 그거 아세요? 우주사령부 놈들이 보물을 두고 갔다는 사실?" 메이블이 물었다.

"무슨 보물이요?"

메이블은 다시 장난스러운 표정을 짓더니 그 보물이 있는 곳으로 세은을 안내하겠다고 했다. 메이블이 세은의 휠체어를 밀며 카페테리아의 주방을 통과할 때쯤 세은도 보물이 무엇인지 알아차렸다.

"와우."

"설마 박사님, 술을 못 드신다거나 이슬람교 신자인 건 아니겠죠?"

카페테리아 주방 옆에 커다란 술 창고가 있었다. 그 안에는 두 사람이 한 달 내내 마셔도 다 못 마실 와인 병과 맥주 캔이 쌓여 있었다.

"독한 술들은 우주선에 실었는데 와인이나 맥주는

안 가져갔어요. 어차피 보관도 안 될 테니까요. 우주선에 탄 사람들이 몇십 년 동안이나 냉동 수면 상태에 있을지 모를 텐데."

세은은 와인에도 유통기한이 있느냐고 물었고, 메이블은 와인도 상미 기간이 지나면 맛과 향이 시들해진다고 대답했다. 세은이 술을 좋아하느냐고 묻자 메이블은 특히 맥주를 좋아한다고 대답했다. 메이블이 술을 좋아하느냐고 묻자 세은은 조심스럽게 대답했다. 맥주를 무척 좋아하기는 하지만 많이 마시면 화장실을 자주 가야 하기 때문에 자제하는 편이라고. 자기 방에는 장애인용 화장실이 설치되어 있지만, 밖에서는 찾기 쉽지 않다고도 말했다. 맥주를 차게 마시려면 냉장고에 넣어야 할 텐데 카페테리아 냉장고는 고장이 났고, 이 술들을 방으로 들고 가는 일도 자기에게는 쉽지 않다고 덧붙였다.

"제가 들어다드릴게요. 아니면, 아예 제가 박사님 옆방으로 방을 옮길게요. 박사님만 괜찮으시다면요. 어차피 다 빈방이잖아요."

세은은 괜찮다고 대답했고, 메이블은 그 말이 떨어

지기가 무섭게 맥주 두 박스를 들고 세은의 휠체어를 출발시켰다.

그들은 그렇게 이십 일을 함께 지냈다. 버킷리스트를 작성하고 함께 할 수 있는 일들은 함께 했다. 옥상에서 끝내주게 멋진 저녁노을을 보는 것 같은 일들. 해가 완전히 사라질 무렵 메이블이 하늘을 향해 커다랗게 소리를 지르는 바람에 세은은 깜짝 놀랐다.

"안녕, 태양아! 안녕, 지구야! 안녕, 맥주야! 잘 가! 다들 잘 가라고! 그동안 고마웠어!"

메이블은 세은에게도 함께 고함을 치자고 채근했다. 세은은 망설이다가 소리쳤다.

"안녕, 문명아! 안녕, 인류야! 안녕, 아름다운 것들아! 잘 가! 그동안 고마웠어!"

그들은 서로의 버킷리스트를 놀리기도 했다. 세은의 버킷리스트에는 『안나 카레니나』와 『전쟁과 평화』 읽기가 있었다. 메이블의 버킷리스트에는 마블 영화 전편 몰아 보기가 있었다. 메이블은 세은의 방에서 랩톱으로 영화를 보다 말고 책을 읽는 세은에게 "안나 아직 안 죽었어?" 하고 물었다. 세은은 "타노스는?" 하고 되물었다.

낮에는 맨정신으로 지내자고 다짐했다. 오후 여섯 시가 되면 "퇴근!"이라고 외치고는 맥주를 마시기 시작했다. 음악은 서로 번갈아 골랐다. 메이블은 록을, 세은은 재즈를 좋아했다.

"인류가 멸망하니까 음악을 아무리 크게 틀어도 뭐라고 하는 사람이 없어서 좋아." 메이블이 말했다.

"지구가 곧 박살날 테니 간 건강 걱정할 필요가 없어서 좋아." 세은이 말했다.

함께 있는 시간이 너무 즐거워 신기할 정도였다. 세은은 자신들이 그렇게 잘 지내는 게 인류 멸망과 관련이 있는 걸까 여러 번 자문했다. 상대가 없으면 처절하게 고독해질 터라, 자연스럽게 서로를 더 배려하는 걸까? 만약 다른 상황에서 메이블과 함께 어울렸더라도 이렇게 친밀해졌을까?

함께 지낸 지 이십일 일째가 됐을 때 맥주를 마시다 말고 메이블이 불쑥 물었다. 그때까지 그들이 피해왔던 질문 중 하나였다.

"그런데 너는 왜 우주선 탑승을 포기했어? 새로운

문명에도 인구학자는 필요할 텐데."

"눈총받기 싫었어. 그리고 나는 아이를 낳을 수 없거든. 새로운 문명은 인구학자보다 가임 여성을 더 원할 거야."

세은은 그렇게 대답하고 빈 맥주 캔을 두 손으로 찌그러뜨렸다. 메이블은 묘한 표정으로 그녀를 바라보았다.

"너는?" 세은이 물었다.

"나는 군인이었잖아." 메이블이 대답했다.

"그런데?"

"군인은 명령에 복종해야 해."

"그자들이 너한테 우주선에 타지 말라고 명령했어?"

"아니, 그런 얘기가 아니야. 그런 명령은 받지 않았어. 하지만 냉동 수면을 마치고 지구에 다시 내려왔을 때 내가 받게 될 명령이 두려웠어."

"어떤?"

그렇게 물으면서 세은은 몸에 소름이 돋는 걸 느꼈다.

"남자들과 자고 아이를 낳으라는 명령."

"설마……"

"여군들 사이에 그런 소문이 있었어."

메이블은 세은이 지난 이십일 일 동안 한 번도 보지 못한 표정을 짓고 있었다. 무언가를 애타게 묻는 듯한 얼굴이었다.

"이해해." 세은이 말했다.

"나는 남자들과 자지 않아." 메이블이 말했다.

이어지는 메이블의 말에, 세은은 침을 꿀꺽 삼켰다. 그 소리가 메이블에게까지 전해지는 것 같았다.

잠시 뒤 메이블이 물었다.

"너는 어떤지 물어봐도 돼?"

"나는……" 세은은 얼굴이 달아오르는 걸 느꼈다. "나는 열려 있다고 생각해."

메이블이 자리에서 일어나 천천히 세은에게 다가왔다. 세은은 고개를 들고 눈을 감았다.

두 사람은 오랫동안 입을 맞추었다.

"믿기지가 않네." 세은이 말했다.

"뭐가?"

"이 모든 게. 소행성이 지구에 충돌한다는 것도, 사

람들이 그 짧은 시간에 우주선을 만들어서 탈출했다는 것도, 그 우주선을 보내고 나서 내 인생에서 최고로 즐거운 나날을 보내고 있다는 것도, 인류 멸망의 순간에 사랑을 찾았다는 것도."

"제일 믿기지 않는 게 뭔지 알아?"

"모르겠는데." 세은이 웃으며 고개를 저었다.

"아직도 우리에게 삼 일이나 있다는 거야." 메이블이 마찬가지로 웃으며 말했다.

작가의 말

여러 종류의 글을 썼고 성과는 들쭉날쭉한데요. 속으로는 스스로를 장편소설가, 그리고 논픽션 작가라고 여기고 있습니다. 단편소설은 제가 최근 몇 년 사이에 정한 두세 가지 초점 위주로, 숙제하는 기분으로 씁니다. 반면 에세이는 대체로 남이 아닌 저 자신을 위해 씁니다. 쓰면서 제 생각이나 마음을 살필 수 있고, 그러다보면 치유받는 기분이 들거든요. 칼럼은 긴 생각을 담기에는 분량이 너무 짧고 시효도 마찬가지로 짧은 것 같아 이제 되도록 덜 쓰려 합니다.

예전에는 엽편, 장편掌篇, 콩트라고 불렀고 요즘은 미니 픽션이라고도 부르는 짧은소설들은 대개 청탁을 받아 썼습니다. 그렇게 십 년 동안 쓴 짧은소설 중 스무 편을 골라 이 책에 실었습니다. 그사이에 절판한 단행본에 수록되어 있었던 짧은소설 네 편을 이 책에 다시 실었는데, 너그러이 이해해주시길 빕니다. 사랑스러운 책을 만들어주신 문학동네 김소영 대표님과 정은진 방원경 임고운 편집자님께 감사의 말씀을 드립니다.

대단한 야심이나 목적의식을 품고 시작한 글은 아니지만, 쓰다보니 재미있었습니다. '소설이라면 이래야 한다'는 고정관념에 얽매이지 않을 수 있어서 홀가분하기도 했고, '어깨 힘 빼고 편하게 써도 괜찮겠지' 생각하니 마음이 상쾌하기도 했습니다. 그런 기분이 좋아서 앞으로도 가끔 쓸 것 같습니다.

출간을 앞두고 작가의 말을 쓸 때 기분은 제각각입니다. 너무 지쳐서 될 대로 되라는 기분으로 쓸 때도 있고, 세상에 도전장을 던진다는 마음으로 비장하게 쓸 때도 있습니다. 이번 작가의 말은 독자들께 편지를 보내는 기분으로 씁니다. 이 글을 읽으실 때쯤 여러분도 상쾌한 기분이길 바라봅니다.

종교가 있고 여유도 있으시다면, 기도하실 때 두 사람의 건강과 회복을 짧게 빌어주실 수 있을까요. 제 아내 김새섬(김혜정) 대표가 평균 생존 기간이 길지 않다고 하는 악성 뇌종양에 걸려 투병중입니다. 이 책을 편집하던 방원경 편집자님도 건강이 안 좋아 휴직하게 되었습니다. 염치없이 부탁드립니다.

감사합니다.

2025년 여름 막바지에
장강명 드림

문학동네 소설집
종말까지 다섯 걸음
ⓒ 장강명 2025

초판 인쇄 2025년 8월 13일
초판 발행 2025년 8월 26일

지은이 장강명
책임편집 방원경 임고운 | **편집** 성혜현 정은진
디자인 이혜진 최미영 | **저작권** 박지영 형소진 주은수 오서영 조경은
마케팅 정민호 서지화 한민아 이민경 왕지경 정유진 정경주 김혜원 김예진
  이서진
브랜딩 함유지 박민재 이송이 박다솔 조다현 김하연 이준희
제작 강신은 김동욱 이순호 | **제작처** 천광인쇄사

펴낸곳 (주)문학동네 | **펴낸이** 김소영
출판등록 1993년 10월 22일 제2003-000045호
주소 10881 경기도 파주시 회동길 210
전자우편 editor@munhak.com
대표전화 031) 955-8888 | **팩스** 031) 955-8855
문학동네카페 http://cafe.naver.com/mhdn
인스타그램 @munhakdongne | **트위터** @munhakdongne
북클럽문학동네 http://bookclubmunhak.com

ISBN 979-11-416-0249-9 03810

* 이 책의 판권은 지은이와 문학동네에 있습니다.
* 이 책 내용의 전부 또는 일부를 재사용하려면 반드시 양측의 서면 동의를 받아야 합니다.

잘못된 책은 구입하신 서점에서 교환해드립니다.
기타 교환 문의 031) 955-2661, 3580

www.munhak.com